PORQUE ERA ELA, PORQUE ERA EU

Clara Corleone

PORQUE ERA ELA, PORQUE ERA EU

L&PM EDITORES

Texto de acordo com a nova ortografia.

Capa: Ivan Pinheiro Machado
Preparação: Jó Saldanha
Revisão: L&PM Editores

CIP-Brasil. Catalogação na publicação
Sindicato Nacional dos Editores de Livros, RJ.

C832p

    Corleone, Clara
      Porque era ela, porque era eu / Clara Corleone. – 1. ed. – Porto Alegre [RS]: L&PM, 2021.
      168 p. ; 21 cm.

      ISBN 978-65-5666-206-0
      1. Ficção brasileira. I. Título.

21-73333   CDD: 869.3
                                   CDU: 82-3(81)

Camila Donis Hartmann - Bibliotecária - CRB-7/6472

© Clara Corleone, 2021

Todos os direitos desta edição reservados a L&PM Editores
Rua Comendador Coruja, 314, loja 9 – Floresta – 90.220-180
Porto Alegre – RS – Brasil / Fone: 51.3225.5777

Pedidos & Depto. comercial: vendas@lpm.com.br
Fale conosco: info@lpm.com.br
www.lpm.com.br

Impresso na Gráfica e Editora Pallotti, Santa Maria, RS, Brasil
Primavera de 2021

Para
Camila Konrath
Denise Pereira
Elaine Vaz
Marina "Impossível" Vaz

PORQUE PORQUE
ERA   EU ERA
PORQUE PORQUE
ERA ELA ERA
PORQUE PORQUE
RA   EU ERA
PORQUE PORQUE
RA ELA ERA

PORQUE ERA ELA, PORQUE ERA EU

"Vamos ter um filho? Vamos escolher o nome dele? Deixa eu te alegrar quando você estiver triste, te ninar quando você estiver cansada. Vamos foder o dia inteiro? Deixa eu te fazer uma massagem com creme. Vamos aprender a tocar piano juntos. Vamos foder o dia inteiro? Deixa eu ajoelhar e beijar tua mão. Vamos ser tão felizes que fiquemos calmos. Tão calmos que fiquemos fortes. Tão fortes que possamos ajudar a todos os amigos que precisarem. Vamos foder o dia inteiro? Vamos aceitar tudo que o outro é. Defender tudo que o outro é. Amar tudo que o outro é. Vamos foder o dia inteiro?"

DOMINGOS OLIVEIRA

"Nosso amor está pequeno."

JORGE ARAGÃO

1

Eu amei presenciar a sua intimidade com a minha casa. O jeito que você fechou as persianas do meu quarto, escondendo a gente do mundo. Foi assim: você chegou, colocou seu casaco na poltrona vermelha e, com naturalidade, fechou as persianas. Uma coisa à toa, mas eu achei tão bonito – é um dos indícios da paixão, isso de achar belas as coisas prosaicas. Então ficamos frente a frente, aquele nervoso gostoso de quem sabe o que vem em seguida, a ânsia do beijo, do amor, a ânsia de deixar para trás a saudade acumulada. Estávamos prestes a cuidar apenas de nós dois quando o telefone tocou. Você disse, baixinho:

"O teu telefone está tocando, quer atender?"

Toquei seu bigode de leve e ri:

"É o seu telefone, bobo."

Você sempre confunde. Aquele toque insistente, irritante, inoportuno do celular.

"Pode ser importante."

Era importante.

Advogado, processo, protocolo, artigo tal e setor administrativo. Suspirei e me sentei na cama. Tirei os brincos. Estava descalça, de minissaia roxa e blusa azul. Você se sentou do meu lado, muito sério ao telefone, muito adulto, muito grave. Fiquei com vontade de dizer, no seu ouvido, um "eu te amo", mas não disse nada. Você pousou delicadamente a mão no meu joelho. Fez carinho. Encostei a boca no seu pescoço, sem beijar, só encostei meus lábios e fiquei passeando pela sua nuca, sentindo o seu cheiro. Você, ainda ao telefone, começou a avançar – com muita calma – para dentro da minha saia. Quase fez cócegas nas minhas coxas, a mão flanando, devagar. Fechei os olhos, passei as costas da minha mão direita por cima do seu pau e senti que ele estava duro. A cadência da sua respiração se alterou imediatamente. O advogado, é claro, não parava de falar. Você me olhou e sorriu. Eu sorri também e peguei no seu pau por cima da calça. Gemi bem baixinho no seu ouvido quando você deslizou o dedo para dentro de mim. Estava aflito para desligar e só dizia, automaticamente, "isso aí, isso aí, isso aí". Sua boca alcançou a minha e trocamos um beijo silencioso. A ligação caiu e você, aliviado, quase jogou o telefone no chão. Eu tirei muito rapidamente a minha blusa e meu sutiã, você imediatamente chupou o bico do meu seio esquerdo, eu me deitei na cama, você veio por cima e... O telefone tocou novamente.

    Continuei deitada, o advogado continuou falando, mas você continuou me tocando – foi tão bom! Mordi os nós dos dedos para não gritar enquanto você permanecia desatento ao telefone ("isso aí, isso aí, isso aí"). Até que: silêncio! Finalmente o advogado tinha parado de falar.

    Pensei que você fosse jogar o telefone pela janela, se livrando, nos livrando de todo o mal, de toda a burocracia, de todos os protocolos, de todos os artigos, de todos os advogados. Finalmente éramos só você e eu. Você me olhou – eu já nua na cama, ofegante, líquida, precisando de você – e disse:

"Eu quero colocar a minha boca aqui."

E mergulhou em mim. Tive a sensação de que iria me afogar, de que iria morrer, de que iria ser feliz para sempre naquele preciso e precioso momento, você mergulhado em mim, persianas fechadas, mãos entrelaçadas, necessidade e desejo, a gente protegido de tudo, você obedecendo ao desejo da sua boca e do meu corpo.

Eu tive – sim, eu tive, eu juro – a sensação de que seria feliz para sempre.

2

Estranho isso de se sentir só sem estar só. Não tenho interesse em ouvir as histórias que Tarso conta para mim – pensando bem, ele não conta mais história nenhuma. Sei que ele também não tem interesse nas coisas que digo. Hoje aconteceu uma coisa absurda. Fomos na casa de um senhor que não conheço, pegar uns livros raros que ele encomendou. Chegamos antes do combinado – havia menos trânsito do que tínhamos previsto – e o livreiro ainda não tinha chegado. Tarso propôs que matássemos tempo no bar da esquina. Aquilo me surpreendeu muito, pois faz meses, talvez anos, que ele não me convida para fazer coisa alguma espontaneamente.

Seguimos lado a lado até um boteco com mesas na rua na Venâncio Aires. Era uma noite agradável, não estava tão quente, e as luzes remanescentes do Natal ainda estavam ligadas. Achei bonito, meio romântico. Sentamos em uma mesinha e um garçom uniformizado veio nos atender. Pedimos uma Serramalte e o cardápio. Sorrimos um pro outro, meio tímidos. Eu estava prestes a perguntar como andavam as coisas no jornal quando ele alcançou a *Zero Hora* que estava abandonada em outra mesa, abriu-a e começou a ler. Fez isso sem trocar uma palavra comigo. Minutos depois, o garçom chegou com a cerveja e dois copos. Serviu ambos e desejou saúde. Tarso, distraidamente, apontou seu copo em minha direção, como quem propõe um brinde, sem me olhar. Murmurei que iria ao banheiro. Fechei a cabine e abri a torneira para que o barulho da água abafasse o som do meu choro.

    Voltei para a mesa com os olhos úmidos. Tarso, sem levantar os olhos do jornal, perguntou se eu queria comer um sanduíche aberto.

3

"Nós não fazemos amor desde o ano passado. Estou muito chateada."

Ele ri muito, pois é recém dia 3 de janeiro.

"Não fique chateada. Eu vou dar um jeito nisso na semana que vem."

Tarso não deu jeito nenhum. Em vez de brigar, mandei uma fotografia: eu nua sentada na borda da banheira, sorrindo para a câmera do iPhone. Escrevi que sentia saudade. Ele me escreveu saudade em caps lock, uma senhora saudade, coisa que sempre faz quando ficamos muito tempo longe um do outro. Disse que sentia muito. Eu disse que não tinha problema, que ele poderia vir quando pudesse: mesmo que fosse uma visita de uma horinha, eu ficaria feliz. Tudo mentira, pois é claro que importava, que tinha problema. Sinto que isso pode acabar explodindo: as palavras que guardo e não digo – e também as palavras mal ditas.

Deixei meu telefone de lado e escrevi no bloco de notas que fica na minha mesinha de cabeceira:

"Ser amante é esperar."

4

Encontrei Denise e Elaine ontem. Não queria ir, odeio ver gente quando estou me sentindo mal e preciso fazer de conta que está tudo bem. Amo minhas amigas, mas quando elas me chamam para sair parece que, se não estiver tudo ok comigo, a melhor opção é inventar uma desculpa e ficar em casa. E absolutamente tudo está correndo mal: o trabalho entediante, o casamento frio, meu pai cada dia mais distante... No entanto, Denise apelou para a velha piada "não nos vemos desde o ano passado" – hoje é dia 3 de janeiro – e eu, que já tinha cancelado nas últimas duas vezes, não tive mais desculpa para faltar.

Fomos ao Café Cantante. Deixei que elas falassem sobre suas vidas: Denise passou recentemente no doutorado de filosofia e Elaine está saindo com três rapazes que conheceu no Tinder – ou seria no Bar Ocidente? Eu me perdi um pouco no meio das histórias.

Respondi com evasivas às perguntas que me fizeram. No final das contas, o assunto preferido de todo mundo é falar de si mesmo.

Enquanto pagávamos a conta, Elaine disse, brincando, que tinha inveja de mim:

"A Clarissa que é feliz, tem um marido! Não precisa ficar pulando de galho em galho que nem eu!"

Absolutamente ninguém sabe como eu me sinto.

5

Tarso abriu a porta do meu apartamento com a própria chave. Fiz uma cópia como presente de aniversário quando ele fez 53 anos em setembro do ano passado. Eu ainda não me acostumei com ele entrando no meu apartamento como se morasse aqui, como se morássemos juntos. Fico tão feliz! Assim que entrou, ele disse (ou tentou dizer):

"Como tu tá?"

Vindo da cozinha, onde lavava louça, ignorei a pergunta e dei um salto infantil e elétrico na direção dele, envolvendo seu pescoço com meus braços, o sorriso não cabendo no rosto. Minhas cachorras Billie Holiday e Ella Fitzgerald pularam em cima da gente, fazendo festinha. Nos beijamos longamente até eu afastar meu rosto do dele, dando espaço para que beijasse meu colo e meus seios. Mesmo em tão pouco tempo de beijo e de toque, a gente já gemia baixinho e o pau dele pressionava a minha coxa. Fui caminhando de costas, às cegas, em direção ao quarto. Ele me protegeu com as mãos para que eu não me machucasse nessa empreitada e seguimos assim, sem parar de beijar um segundo. Com as cachorrinhas do lado de fora e a porta do quarto trancada, tirei a bolsa que ele levava atravessada no corpo e comecei a abrir sua camisa, botão por botão. Ele abriu a calça enquanto eu desabotoava os botões frontais da minha saia e, no mesmo instante em que terminei de tirá-la, ele puxou as alças da minha blusa para baixo. Ficamos nus. "Vem", eu pedi, me deitando de costas na cama. Ele veio. Beijou todo o meu corpo enquanto deitava, fazendo com que eu me sentisse a mulher mais linda do mundo – ou, pelo menos, a mais linda do Bom Fim –, e, de uma vez só, com urgência, entrou em mim. Doeu um pouco e eu segurei seu corpo com força, represando o choro que vinha subindo antes que desaguasse. Um choro assim, sabe? Um choro de felicidade.

Havia um mês que não nos víamos.

6

Silêncio. Foi assim que eu fui criada: silêncio e portas fechadas. Meu pai sempre muito quieto, evitando falar sobre problemas. Depois, evitando falar sobre qualquer coisa. Quando Tarso aconteceu na minha vida, nossos primeiros encontros foram cheios de palavras. Nós conversávamos até de manhã, fechávamos todos os bares. Que novidade maravilhosa: finalmente poder falar, finalmente ser ouvida! Foram anos assim. De repente... Eu não sei como aconteceu. Parece que esgotou, como se já tivéssemos dito todas as palavras. Ficou esse silêncio incômodo.

Às vezes eu tenho vontade de dizer, de gritar:

"Tu não tá me vendo?"

Mas não sei nem como acomodar as palavras na boca, como moldá-las. Tudo dói e bole por dentro.

7

Saí da leitura de cartas que ocorre no Von Teese todas as quartas-feiras às oito da noite e mandei uma mensagem para Tarso:

"Não quero me papagaiar, mas a cartomante me disse que apareceu um cara na minha vida interessado só em transar, mas o jogo virou e agora ele gosta muito de mim. Era pra gente terminar nos próximos meses, mas seguiremos juntos por muito tempo. Quem será que é?"

Ele respondeu com emojis: um com zíper na boca, um cheio de corações e um chorando de rir. Algumas horas depois, me ligou e, para minha enorme surpresa, pediu para dormir comigo. Ele raramente dorme comigo.

Tarso chegou bem alegrinho. Havia bebido umas cervejas a mais no aniversário de um colega do jornal. Nada que comprometesse a sua performance. Quando terminamos e o quarto ficou em silêncio, a gente bem junto, bem próximo, a mão dele acariciando meu rosto e a minha, a barba dele, olhos nos olhos – o amor é tão clichê! –, ele me disse:

"Quer dizer que a gente fica mais tempo juntos?"

Fiquei surpresa que ele lembrasse o papo da cartomante, Tarso não tem muita paciência para a minha mania de tarot. Também acha tolice eu acender vela para São Jorge. É muito racional. Que ele estivesse, mesmo que brincando, levando em consideração essa conversa, era algo novo. Deveria ser efeito da bebida. Eu respondi:

"Eu não sei se a gente fica. Ela disse que é um tal de um cara, um cara aí que apareceu só querendo me comer mas começou a gostar muito de mim. Sabe que eu estou até agora tentando adivinhar quem é..."

Ele me agarrou, me fez cócegas. Eu repetia "me solta, me solta" e chamava "Billie, Ella, socorro!". Quando ele parou com a brincadeira, ficamos em silêncio, deitados lado a lado, de mãos dadas. Depois de alguns segundos, Tarso falou:

"Eu gosto muito de ti, menina."

Foi a primeira vez que ele disse isso.

Pensei que podia a Rua Fernandes Vieira, o Bom Fim, Porto Alegre inteira, tudo desabar, explodir. Tarso gostava de mim. Gostava muito!

Infelizmente, não pude deixar de pensar que também gostaria que Clarissa viajasse mais vezes – ou não existisse.

8

Que ideia idiota.

Montei uma pequena mala, dei um beijo protocolar em Tarso pela manhã – antes de ele ir para a redação – e disse que iria ver meu pai. Tarso não se deu ao trabalho de me perguntar se meu pai estava bem, mas eu já deveria esperar: ele não pergunta nem se *eu* estou bem. Em vez disso, me desejou boa viagem e me pediu que mandasse mensagem ao chegar em Barra do Ribeiro.

Levei um livro da Ferrante para ler no ônibus, mas acabei nem abrindo. Assim que cheguei na casa – que parece cada vez maior e mais vazia –, me arrependi. Quis voltar. Meu pai não fala comigo. É muito gentil, mas tudo é raso. Pergunta como eu estou e logo vira de costas para colocar um disco ou preparar algo para que possamos comer. Ele quis saber se o jornal anda bem, se a clínica está cuidando bem de mim, que livro era aquele que eu carregava a tiracolo, mas não notou minhas olheiras e nem minha perda de peso.

Um pai que não conversa comigo, um marido que não conversa comigo. Eu sei da ironia, eu sei que dizem que a mulher procura um homem parecido com o seu pai. Acontece que, como um já disse, Tarso não era assim. Pelo contrário. Podíamos passar horas conversando sem notar o tempo correr.

Uma vez, quando estávamos apenas namorando, entramos no Van Gogh às três horas da manhã depois de um show do Roda Viva no 512. Conversamos tanto que, quando percebemos, eram dez da manhã. Os garçons, não muito gentilmente, pediram que pagássemos a conta. Tomamos um táxi – não existia carro por aplicativo nessa época – e fomos para o meu apartamento gargalhando: não conhecíamos ninguém que tivesse sido expulso de um bar que funcionava praticamente 24 horas!

Fizemos amor e, de tarde, quando me levantei com a intenção de preparar algo para Tarso comer – era sábado, eu não tinha que trabalhar, mas ele, sim –, ele me pediu que ficasse mais um pouco na cama. Nos abraçamos embaixo das cobertas.

"Tu não vai te atrasar para chegar na redação?"

"Não, eu avisei ontem que não vou trabalhar."

"Quer passar o dia aqui?"

"Não apenas o dia."

Virei o rosto para ele, sorrindo:

"Tu tá te convidando para passar a noite, também?"

Ele ficou sério:

"Eu estou me convidando para ficar para sempre."

Achei aquilo tão romântico, tão espontâneo! Tarso se mudou para o meu apartamento na Rua Santo Antônio naquela semana – e lá se vão dez anos.

Eu não sei quando as coisas mudaram, eu não sei quando caímos desse nível de paixão, de romantismo, de parceria, para esse marasmo de hoje, esse tédio, eu não sei, eu realmente não lembro quando as coisas mudaram. Um dia percebi que Tarso passara a despejar as coisas dele em mim e eu, a despejar as minhas coisas nele. Os dois despejavam, mas ninguém recolhia. Uma preguiça mental de argumentar, um desinteresse patológico. Não havia mais troca. Já nos conhecíamos bem demais, completávamos as frases um do outro – expediente muito bonito no começo de uma relação, mas que se torna um incômodo depois. Nossa solução foi o silêncio. Não acordamos esse silêncio, ele só aconteceu. Nós somos gentis um com o outro – "liga quando chegar", "faça boa viagem", "boa noite", "dorme bem"... – mas é só.

No outro dia, voltei para Porto Alegre antes que meu pai acordasse.

9

"Ai, amor!"

"Tá machucando?"

"Um pouco."

"Quer que eu tire?"

Depois de gemer, respondo:

"Não. Eu quero que você goze primeiro."

10

"Tá saindo?"

"Estou."

"Não está esquecendo nada?"

Eu aponto os sacos de lixo fechados na área de serviço.

"Quer que eu tire?"

Depois de suspirar, respondo:

"Não. Eu quero que tu tire sem eu precisar pedir."

11

Consegui fazer uma refeição antes: uma colher de arroz, uma de feijão, uma de beterraba, uma de cenoura e uma coxa de frango. Coloquei tudo para fora em um combo de diarreia e vômito. Sim, ao mesmo tempo. Com o plus do sangue para todo o lado no ladrilho branco do banheiro. Minha gata Morena chorava sem parar, desesperada. Fiz uma caminha no chão ali mesmo, pois não aguentava mais ter de vir do quarto. Fiquei pálida e suava muito. A dor começou a relentar, então enrolei em uma bola um casaco de lã para servir de bolsa de água quente. Peguei minha gata e voltei para o quarto. Dormimos as quatro juntas: eu e Morena mais minhas cachorrinhas. Tarso mandou mil mensagens perguntando como eu estava. Passou comigo a tarde e uma parte da noite, mas não podia ficar. Na verdade, eu disse que ele não precisava ficar, que eu aguentava numa boa e que, além do mais, esse sistema de comprimidos era muito seguro.

Quando contei que estava grávida, Tarso estava em Brasília. Eu fui muito tranquila. Eu disse que já tinha todos os contatos, que tudo ia dar certo. Ele me chamou de "meu amor" pela primeira vez. Ele disse que estávamos juntos. Ele disse que ia me ligar assim que saísse da reunião. Ele disse que ficaria comigo no dia e que seguraria a minha mão.

A única coisa que ele não me disse foi para ficar com o bebê.

12

Aproveitei que Tarso foi para Brasília e fiz uma coisa que tenho vergonha de fazer na frente dele: assistir a reality shows ridículos na televisão. Pensando bem, ridículo mesmo é uma mulher de quarenta anos trocar de canal quando escuta o marido chegando em casa com medo que o programa que está vendo desagrade o gosto de um editor de jornal. Tarso nunca falou nada diretamente – como é de seu feitio –, mas sei, por exemplo, que ele preferia que eu fizesse outra coisa que não o financeiro de uma clínica de emagrecimento.

Eu vejo os programas "errados" e tenho o emprego "errado".

Esses tempos, depois de uma estreia no Teatro Renascença e de jantar com alguns amigos no Bar do Beto, fomos convidados para uma esticada na casa de um artista plástico. Ele disse que não podíamos ir e apontou pra mim, à guisa de justificativa:

"Ela não gosta de dormir tarde."

Ou seja: ela é chata.

Eu sei que Tarso preferia que eu fosse mais "descolada" – ainda se fala "descolada"? –, que tivesse seguido uma carreira dentro das artes, que fizesse valer meu diploma no departamento de arte dramática. Uma vez ele me disse que não entendia:

"Como tu conseguiu sacrificar a tua vocação por segurança financeira?"

Eu fiquei estupefata: vocação? Que vocação?

Eu tinha dezessete anos quando fiz vestibular. Com dezessete anos tu não sabe nada da vida. Eu simplesmente gostava de teatro – ainda gosto – e me pareceu natural estudar artes cênicas. Uma vez dentro da universidade, comecei a procurar um emprego. Não existe anúncio, vaga para atriz nos classificados, então tu faz o que consegue pegar. Trabalhei como garçonete em diversos bares por muitos anos, então cansei da noite e comecei a procurar trabalhos diurnos. Fui vendedora de loja e recepcionista de restaurante antes de me tornar atendente na clínica. Isso aconteceu quando eu tinha 25 anos. Em três anos, consegui "subir" para o financeiro. Um trabalho honesto, relativamente fácil. Tarso fica abismado com o fato de eu trabalhar faz mais de dez anos em um lugar tão careta, como ele diz. Honestamente, eu não entendo. Qual o problema nisso? Qual o problema de gostar de um trabalho burocrático, com carteira assinada, férias e décimo terceiro? É crime?

Tarso achava péssimo. Não era interessante ter uma esposa envolvida com tabelas de Excel, conciliação bancária e relatórios. Tenho a impressão de que ele acha até uma coisa... constrangedora.

Nesse dia no Bar do Beto, observando os casais na nossa mesa, me dei conta de algo que nunca havia percebido antes: todos os amigos do meu marido eram casados com escritoras, atrizes, pintoras ou cantoras.

13

Uma semana depois da interrupção da minha gravidez, os "meu amor" sumiram.

Terminei com Tarso por mensagem, disse que era melhor assim. Ele perguntou se não podíamos nos ver e eu disse que achava melhor não, pelo menos por enquanto. Ele pediu para a gente se encontrar, mas não discutiu o término em si. Perguntei se ele estava aliviado e ele disse que não, nunca. Disse que sentiria minha falta. Sua complacência me irritou, mas eu não disse nada. Em vez disso, escrevi este texto, que publiquei no meu blog:

> *estranho seria não gostar de você. somos a cara um do outro, embora eu seja muito mais nova – e não me canso de te lembrar isso o tempo inteiro, o que te faz dar as maiores gargalhadas. eu adoro fazer você rir. eu adoro quando terminamos de fazer amor e você fica um tempão recuperando o fôlego para então se justificar "eu sei, eu sei: estou ficando velho e acabado". eu adoro quando você diz "tu vai ver só!" em resposta a uma provocação, me agarrando e enchendo de cócegas. eu adoro fingir que fiquei braba para me deitar para o outro lado da cama, esperando você vir me puxar. e você vem. é certeiro. que delícia te mandar fotografias – quantas foram? dezenas! – e te ler dizendo que leitos perfeitos,*

meus peitos direitos te olham assim. o fino menino que se inclinou para o lado do sim. que se inclinou para mim. fazendo suar na noite mais fria do ano. inesquecível. você é inesquecível, fácil de lembrar. o coração aperta de saudade, o coração dispara de felicidade. tenho filmes e filmes da gente juntos. muitas garrafas de vinho. aquele porre que você tomou e que fez você me ligar seis vezes consecutivas. a gente dormindo muito agarrado, acordando, fazendo amor e se olhando por horas, sem dizer nada, sem precisar dizer. eu amo que tudo o que você me disse foi de verdade. eu amo que você nunca aumentou nada, nunca mentiu pra mim. foi tão real. a gente demorou tanto tempo pra se encontrar e você estava ali, embaixo do meu nariz. quando você me deita na cama e beija meu sexo até eu te pedir "vem". aquele beijo na nuca que desencadeia todos os meus suspiros e arrepios e gemidos: como você faz isso? era tanto amor, era tanta paixão. eu falava e você ouvia. você falava e eu ouvia. a gente prestava atenção um no outro, confortava um ao outro. você tem todas as coisas. a calma e a fúria. eu amo tudo que dói em você, tudo o que te trouxe para este momento agora, que tornou você essa pessoa linda. eu sou feliz demais que habitamos o mesmo tempo e espaço, sou feliz demais por ter sido sua. você torcendo a maçaneta da porta do meu apartamento depois de abrir com as próprias chaves, que barulhinho bom! as mil vezes que demos um beijo comportado de "olá" mas acabamos exaustos na cama, olhando um para o outro e rindo "opa, tudo bem?". que linda que eu fico contigo. grande, toda, boba. eu não acho palavras, os sentidos só

sentem, é tudo, é muito, é demais. é lindo. e nós nunca brigamos, mesmo agora. mesmo agora que eu te peço pra ir, a gente troca afeto e carinho e se admira e já anuncia antes, muito antes, que vamos sentir saudades.
de repente, a gente consegue se reencontrar um dia, o que você me diz?
nenhum homem
nenhum homem
nenhum homem
me fez tão feliz.

Estava no bar do Rossi mergulhando a tristeza em gim-tônica com Camila e Marina quando recebi uma mensagem dele:

"Esse é o texto mais lindo que eu já li na minha vida."

Nenhuma palavra sobre voltar. Nenhuma palavra sobre deixar a Clarissa.

Nessa noite fiquei tão bêbada que Marina me levou pra dormir na casa dela.

14

"Nós não nos falamos mais."

"Não falam sobre coisas importantes ou não se falam, mesmo?"

"Não falamos, simplesmente. Quer dizer, dizemos coisas como 'bom dia' e perguntamos 'tu quer tomar banho agora ou posso ir antes?', mas é só."

"Vocês não foram ao teatro esses dias?"

"O que isso tem a ver?"

"Calma, Clarissa. O que quis dizer é que, se vocês foram ao teatro, devem ter combinado antes, escolhido a peça, comentado depois sobre ela, essas coisas."

"Tu não tá entendendo, Elaine."

"Então me explica."

Combinei de encontrar Elaine e Denise na Lancheria do Parque disposta a contar tudo o que estava acontecendo. Eu não aguentava mais não conversar com ninguém sobre isso, estava muito angustiada. No entanto, agora não apenas não conseguia explicar as coisas direito como também ficava na defensiva. Talvez tivesse medo que elas me dissessem:

"Esse relacionamento claramente acabou."

Se, ao ouvir os fatos, elas chegassem a essa conclusão, eu não poderia mais ignorar o que estava acontecendo. Teria que tomar uma atitude. E, no momento, eu só queria tomar uma cerveja.

Denise chegou atrasada:

"E aí? O que está acontecendo?"

"O casamento dela… desculpa, Clarissa. É tu quem tem que falar, não eu."

"Pode falar. Fala, aí: 'O casamento dela é uma merda'."

Eu ri sem graça. As gurias se entreolharam. Elaine, sempre conciliadora:

"Amiga, todo casamento tem fases."

"Acho que o nosso chegou no game over."

"Estão brigando?"

"É pior, Denise. Não estamos nos falando."

"Transando, nem pensar?"

"Como é que eu vou fazer sexo com um cara que não fala comigo?"

A última vez que transei com Tarso faz mais de ano, acho. Foi de madrugada. Acordei com ele praticamente em cima de mim, fazendo aquela coisa odiosa de pressionar o pau duro na minha coxa. Senti nojo dele, queria que terminasse logo. Como pode uma pessoa transar contigo se ela não te enxerga?

"Clarissa, tu vai ter que falar com ele."

"Ou nem fala nada sobre isso, apenas diz que não dá mais e cai fora!"

Nenhuma das duas opções era boa, era agradável. Cair fora de um casamento de dez anos sem dar explicação era impossível. Simplesmente ir embora? Ri sozinha imaginando quantas semanas Tarso ia demorar para perceber que eu havia sumido. Ao mesmo tempo, ter uma conversa final, colocar as cartas na mesa, isso tudo me dava um medo paralisante. Eu tinha medo de ficar sozinha. Eu tinha medo de dizer "chega" e ele concordar:

"Está bem, chega."

E então pegar suas coisas e ir embora.

A conversa começou a andar em círculos e resolvemos que seria bom mudar de ares. Migramos da Lancheria para o Ossip.

E foi no Ossip que eu encontrei o Fernando.

15

Fiz muita besteira nas últimas semanas. Ando bebendo demais. Causei uma grande confusão em uma festa da minha família. Foi muito constrangedor, porque depois não me lembrava de nada. Fiz um escândalo e apaguei, simplesmente apaguei, um pedaço enorme do dia.

Como sempre, nos reunimos no salão de festas do prédio dos meus pais. Nossa família é muito grande, só o núcleo pais e filhos soma sete pessoas. Somos muito festeiros, todos os almoços de domingo incluem música e dança. É sempre uma farra e, por isso, preferimos que as reuniões ocorram no salão: mais espaço para festejar. Só que nesse dia eu transformei esse evento sempre festivo em um velório. Quando eu caí em mim, estava somente com meu pai. Ele me disse, com muita calma e paciência, que eu havia armado um barraco sem sentido, dito coisas horríveis. Minha família ficou tão estupefata que subiu para o apartamento. Papai ficou no salão para tentar conversar comigo. Ele me disse que eu cheguei a dizer "você é um péssimo pai". Fiquei chocada por ter dito uma coisa tão absurda. Projeção.

Então eu acabei contando tudo. Tarso, o aborto, tudo. Ele me disse que eu precisava contar para o resto da família. Só disse isso, sem julgamento, sem nada. Subimos de mãos dadas, todo mundo estava junto na sala de estar e ele anunciou que eu tinha uma coisa para contar. Minha mãe e meus irmãos reagiram de uma forma linda. Meu porre já tinha passado, eu estava tomando água, chorei muito. Minha mãe me colocou no colo e ficou acariciando meus cabelos até eu dormir. No outro dia de manhã, enquanto servia o café, disse que eu não precisava disso, de nada disso. Meus irmãos haviam ido para suas casas ainda na noite anterior – e todos tinham deixado mensagens carinhosas para mim.

Minha mãe foi muito honesta comigo. Ela disse que não entendia como uma mulher como eu estava se submetendo a esse papel. Fiquei de olhos baixos. Ela então falou que ninguém tinha ficado aborrecido comigo, só preocupado. Só consegui falar uma coisa:

"Eu amo ele, mãe. Eu amo ele como eu nunca amei ninguém."

Ela ficou em silêncio. Eu suspirei. Ela me pediu que comesse. Depois de um tempo, sentenciou:

"Vai passar, Clarita."

Eu sei que vai passar, mas eu não quero. Tarso é uma doença da qual não quero me curar.

16

Eu não queria passar a noite inteira falando de mim – ou, pelo menos, não queria passar aquele tempo dissecando o meu casamento fracassado –, então incentivei as meninas a me contarem o que estava acontecendo na vida delas. Não sei se por ter tirado isso do peito – por finalmente ter verbalizado, ainda que de forma confusa, a situação do meu casamento – ou se foi culpa das cervejas, mas me sentia mais alegre. Elaine ficou animada com as minhas perguntas sobre sua vida amorosa, pois estava louca para contar que está apaixonada. Denise e eu nos olhamos e, antes que pudéssemos falar alguma coisa, ela gritou:

"Desta vez, é sério!"

Rimos muito. Ela conheceu esse cara, Arthur-alguma-coisa, pelo Tinder. Eu comentei que nunca entendi esse lance do Tinder, então as garotas – Denise usou por um breve tempo, na entressafra de namoros – me explicaram como funciona. Abriram o aplicativo no celular de Elaine:

"Por que tu continua com esse app, se está namorando firme?"

Eu perguntei, debochada, mas ela ignorou a questão e foi logo pontificando:

"Vão aparecer as fotografias dos caras, ó. Aí tu escolhe. Se achar que vai rolar, arrasta com o dedo pra esse lado.

Se achar que não tem chance, pro outro. Ah, e tu também pode arrastar pra cima."

"O que significa arrastar pra cima?"

"Significa que tu tá desesperada."

O comentário rápido de Denise rendeu gargalhadas. Arrastar o dedo pra cima da foto da pessoa que tu vê no Tinder é informar que tu tá dando um super like nela. O tal do super like é quando tu quer dizer pro gato que tá muito a fim dele, porque, se só arrastar pro "lado do amor" – apelido ridículo que Denise deu pro procedimento –, o Tinder avisa se ele também te arrastou pro "lado do amor". Se ele não te quis, o aplicativo não avisa o moço que tu tá interessada. O super like requer coragem e cara de pau, porque tu diz que tá a fim do cara sem nenhuma garantia de que ele também vai te querer. Ou seja: com a minha autoestima, eu jamais daria um super like em ninguém.

De forma infantil, Denise e eu tomamos o celular de Elaine e começamos a apavorá-la dizendo que íamos distribuir super likes. Ela sabia que estávamos brincando, mas mesmo assim ficou branca.

"Amiga, não fica preocupada, não vamos fazer nada! Só queremos ver como está o mercado caso a Clarissa realmente se separe."

"Não é nada disso. Eu acabei de ver o Arthur entrar no bar!"

Nosso instinto natural, claro, foi virar para trás assim que ela declarou que a razão do seu afeto tinha entrado no Ossip, mas mal tivemos a chance de vislumbrar o moço, pois nossas canelas foram chutadas com força no exato momento em que virávamos. Um golpe baixo (em todos os sentidos). Elaine, que deveria ser nossa melhor amiga e não nos espancar injustamente por sermos curiosas, disse entredentes:

"Não é pra virar, idiotas."

Denise e eu abafamos nossas risadinhas.

"Que gatinho, Elaine! E de camiseta do Miles Davis! Gostei."

"O de camiseta do Miles Davis é amigo dele. O meu tá de camisa quadriculada."

Arthur acenou para Elaine, que fez de conta que não tinha visto ele antes – um gesto muito bem treinado, "oh, tu aqui?"– e abanou graciosamente. Isso, é claro, fez com que Denise e eu cantássemos ao mesmo tempo:

"*Os estados brasileiros...*"

Mas ela mandou que calássemos a boca, pois ele estava se aproximando. No final das contas, Arthur, o seu amigo fã do Miles Davis – que se chamava Fernando – e Bruno – um sujeito muito magro e nervoso que levantava com frequência para fumar – sentaram-se conosco.

Fernando era, de fato, um homem muito bonito. Não tinha aquela beleza óbvia do Tarso, mas chamava atenção. Um nariz grande, cheio de personalidade, e um sorriso de dentes perfeitos. Depois de descobrirmos que tínhamos amigos em comum, o papo fluiu de forma muito espontânea. Ele trabalha com audiovisual e, como sou formada em arte dramática, nós dois conhecemos muitos atores e atrizes locais. Também falamos bastante de cinema, começando o papo sobre as produções gaúchas – em muitas, ele trabalhou –, passando pelos filmes argentinos e chegando ao cinema americano. O diretor preferido dele também é o Billy Wilder. Achei curioso um rapaz tão novo – ele tem 27 anos – gostar de filmes antigos de Hollywood – Bogart, Gregory Peck, Kirk Douglas etc. O papo fluiu tão bem que, quando percebemos, estávamos apenas nós dois na mesa. Elaine e Arthur tinham ido embora fazia muito tempo – provavelmente estavam loucos para se agarrar em paz – e Bruno, depois de perceber que não ficaria com Denise, se contentou em dividir um Uber com ela, já que moravam no mesmo bairro. A dona do Ossip já havia trocado a plaquinha de "aberto" para "fechado" e, além de nós, apenas mais duas mesas estavam ocupadas. Eu perguntei a Fernando onde ele morava, para ver se podíamos dividir uma corrida, mas ele me perguntou se eu não gostaria de comer alguma coisa:

"A esta hora? Acho que só conseguiríamos comer no Van Gogh ou no Alfredo's…"

"Tu não gosta da comida desses lugares?"

"Não é isso. Gosto, sim."

"Então, qual o problema? Parece contrariada…"

"Eu?"

"É!", ele sorriu. "Não está gostando da minha companhia?"

Foi apenas nesse momento que percebi que ele estava flertando comigo. Fiquei confusa – o que um rapaz de 27 anos ia querer com uma mulher de 43? – e, ao mesmo tempo, lisonjeada. Era bom, depois de tantos anos, ser desejada por outra pessoa, ter uma conversa de verdade com outro homem. Ele sabia que eu era casada, Tarso surgiu durante a conversa, de passagem, então imaginei que era uma paquera – ainda se diz "paquera"? – por esporte. Topei irmos para o Van Gogh.

Entramos em seu carro – Fernando havia bebido pouco e, nas últimas duas horas, havia passado para a água mineral, tentando cortar o efeito do álcool – e fomos até o bar que, para o nosso espanto, estava fechado. Então seguimos para o Alfredo's. Em um semáforo na Venâncio, ele se aproximou de mim:

"Está sem cinto de segurança, não pode!"

"Nossa! Esqueci completamente de colocar."

Falando baixinho, ele ficou ainda mais perto, puxando o cinto por cima do meu ombro:

"Deixa que eu coloco pra ti..."

Fazia dez anos que eu não beijava outro homem.

17

Um escritor fã de Bukowski que queria me ensinar a escrever.

Um cineasta que tinha, como assunto preferido, ele próprio.

Um músico que fez sexo oral em mim como se fosse um gato bebendo água.

Um vereador que insistia em enfiar a língua na minha orelha.

Um estudante de música que aparentava ser mais jovem do que dizia ser. Após muita insistência, admitiu que tinha 21 anos. Quando eu falei que não iria rolar transarmos porque eu tenho 33 e achava esquisito, argumentou "mas eu posso consumir bebida alcoólica em qualquer país!".

Um advogado que parecia estar procurando cavar um túnel até a China através da minha vagina – o pau dele era a pá.

Minha vida amorosa com Tarso era complicada. Sem ele, é horrorosa.

18

Enquanto lavo a louça, passo café, preencho as planilhas de Excel da clínica, tomo banho, abro as janelas, vou na feira ou tento ler um pouco: o beijo vem. Fernando, sua barba roçando no meu rosto, seu perfume, o calor, o medo da Venâncio deserta durante aquela madrugada. Uma lembrança que persiste. Quase três meses já se passaram e ela não se dissipa. Ele, também, não deixa que se dissipe. Tem me mandado mensagens praticamente todos os dias. Pede por favor que a gente se encontre, diz que está apaixonado, que não pensa em outra coisa.

Não consigo encarar Tarso.
Me sinto suja.
Me sinto má.
Me sinto maravilhosa.
Me sinto um pouco louca.
Claro que o meu marido não percebeu nada, visto que não olha pra minha cara com atenção há muito tempo – e, ultimamente, parece mais distraído do que nunca.
Depois de nos beijarmos, eu me afastei e disse:
"Eu não posso."
Ele perguntou:
"Não pode ou não quer?"
E eu repeti:
"Eu não posso."

Ele acariciou o meu rosto, sorriu e voltou a dirigir – o semáforo deve ter aberto e fechado diversas vezes enquanto a gente se beijava. Era uma da manhã.

"Tu não pode me beijar, mas não vai dizer não para uma última cerveja no Alfredo's, certo?"

"Eu acho melhor tu me deixar em casa."

Ele não insistiu, o que tomei como um sinal de desinteresse. Em vez de me sentir aliviada – afinal, mulheres casadas não devem sair por aí beijando homens de vinte e poucos anos em semáforos –, sua reação me deixou desapontada. Ficamos mudos depois que expliquei onde eu morava. Enquanto ele dirigia até a minha casa – um trajeto curto –, pensei em pedir desculpas, em explicar que ficara confusa, em contar que meu casamento estava desmoronando, em falar que naquela noite eu finalmente conseguira me sentir plenamente feliz e que falar com ele era gostoso, natural, fácil e leve e que ele era lindo e que parecia que ninguém me entendia, mas ele parecia entender, só que tínhamos acabado de nos conhecer e isso nem sequer fazia sentido.

Naturalmente, não falei nada.

Quando estacionou o carro na frente do meu prédio, Fernando disse que queria me ver outra vez. Fiquei surpresa – e, admito: feliz, envaidecida –, mas murmurei:

"Melhor não…"

"Não seja malvada comigo, vai? Vamos fazer assim…"

Ele pegou seu telefone celular e me alcançou, pedindo:

"Coloca teu número aqui."

Eu não peguei o aparelho na hora, mas sorri. Ele sorriu também. Como era bonito!

"Por favor? Quero te ver de novo."

Digitei meu número e devolvi o aparelho para ele.

Desde então, Fernando me manda mensagens quase diariamente. Não só dizendo que quer me ver, mas também compartilhando matérias sobre os filmes e atores que mencionamos quando nos conhecemos, uns memes bobos para me fazer rir, perguntando como estou, o que eu fiz, me desejando "bom dia" ou "boa noite". Sempre que o celular apita com uma mensagem e vejo seu nome brilhar na tela do aparelho, meu coração dispara. Pareço uma adolescente.

Não contei nada nem para Elaine nem para Denise. Tenho muita vergonha de ter traído o meu marido. Ao mesmo tempo, não consigo bloquear o Fernando, não consigo pedir que pare. Eu sei que Tarso ficaria arrasado se descobrisse. Tenho sentido uma onda de ternura muito grande por ele nos últimos dias, mas não consigo me aproximar, fazer carinho, tentar melhorar nosso casamento. Faz meses que intercalo um sentimento acachapante de culpa com uma sensação maravilhosa de ser desejada por quem eu também desejo.

Vou acabar enlouquecendo.

19

Como a minha experiência no Tinder só me trouxe aqueles encontros horrendos, resolvi voltar para o básico: o Banco de Talentos da Marina. Marina, minha amiga querida, é uma pessoa absolutamente incrível. É uma morena linda, engraçadíssima, super competente no trabalho, sempre com um sorriso no rosto e que tem uma inteligência emocional acima da média. Vê com muita clareza seus relacionamentos e, quando eles acabam – seja um namoro longo, seja um caso de uma noite –, o ponto-final é tranquilo e preciso. Ela não volta atrás, mas não digo isso como se fosse algo pesado, como se ela fosse fria. Pelo contrário! Tanto que todos os homens que se relacionaram com ela seguem sendo seus amigos. E, como Marina é tão cuca fresca, ela recomenda os melhores para suas amigas solteiras. Esses homens recomendados formam o reconhecidíssimo Banco de Talentos da Marina. Já recorri a ele duas vezes no passado, sem arrependimentos: um psicólogo muito sexy com quem saí três vezes até ele se mudar para a Austrália e um músico muito gostoso com quem topei ir ao cinema na Casa de Cultura Mario Quintana. Transamos loucamente no seu apartamento no Centro Histórico depois, mas em seguida ele começou a namorar. Enfim, o Banco de Talentos da Marina não falha nunca.

Foi assim que vim parar no Miau da Cabral, de botas de salto alto e batom vermelho, um livro do Llosa a tiracolo, esperando um completo desconhecido me encontrar às seis da tarde. Cheguei antes para tentar me acalmar – pensei em ler um pouco, mas o velho Mario Vargas seguiu fechado no meu colo, em cima da minha bolsa. Embora uma indicação do Banco de Talentos da Marina seja tiro certo, encontro às escuras deixa qualquer pessoa nervosa, né? Combinei comigo mesma que, se ele se atrasasse cinco minutos, eu iria embora. Aliás: iria sair direto do Miau para uma igreja e me tornaria freira. Afinal, o celibato não pode ser pior do que ouvir um esquerdomacho me explicar por que as questões identitárias estão rachando o movimento, às três horas da manhã, depois de uma trepada muito mal dada em que ele gozou e eu, não.

Não tenho mais idade pra isso. Uma mulher de 33 anos deveria estar fazendo qualquer coisa em uma sexta-feira que não fosse segurar um espetinho de queijo coalho enquanto bebe Brahma e olha para os homens que vêm dobrando a esquina pensando "será que é ele?" e "o quão humilhante será perguntar para um cara se ele é o meu date e ouvir uma negativa?".

O rapaz chegou pontualmente às seis da tarde. E eu não precisei perguntar nada, pois ele se aproximou sorrindo e dizendo:

"Não acredito que tu é mais bonita ao vivo do que nas fotos!"

Eu comecei a rir e me levantei para cumprimentá-lo. Quando me movimentei, meu livro caiu no chão. Ele juntou e comentou, alegre:

"Eu amo o *Travessuras da menina má*! Já leu *Cinco esquinas*?"

Que a Deusa abençoe Marina! Além de realmente gostar de ler e conversar sobre literatura – um troço meio raro hoje em dia, quando os assuntos normalmente estacionam nas séries mais assistidas na Netflix –, ele tinha um senso de humor maravilhoso. E era lindo. Não que eu me ligue muito em beleza. Tarso, por exemplo, é um bicho da goiaba e eu o amo, mas ver gente bonita é sempre uma coisa boa.

Na terceira cerveja, a gente já tinha se beijado. Senti muita vontade de ir pra cama com ele, uma coisa que não me acontecia fazia muito tempo. Tivemos uma conexão sexual muito grande, muito forte. Era impossível só eu estar sentindo isso, tão impossível que ele me pediu para esperar um pouco, quando sugeri irmos ao caixa para pagar a conta, pois não podia levantar naquele estado – seu pau estava duríssimo. A gente tinha apenas trocado beijos, as mãos quase não tocaram no corpo um do outro – sua mão ficou estacionada no meu joelho sem se atrever a subir pela coxa. Estávamos nas mesas da calçada do Miau e não fica bonito dar show no meio da Cabral. Depois que se acalmou, ele se levantou para ir ao caixa – me proibiu de pagar a conta –, comprou mais algumas cervejas e perguntou, ao me estender a mão para que eu me levantasse da mesa:

"Quer conhecer a minha casa?"

Como ele morava perto, a gente foi a pé até o seu apartamento. Caminhamos de mãos dadas até um prédio de poucos andares na Giordano. A porta do apartamento mal fechou e eu já estava abrindo as calças dele. Rimos um para o outro, ele tirou a minha roupa e eu tirei a dele. Ele me levou até o quarto, um ritmo acelerado que, de repente, quando meu corpo ocupou a cama, se tornou devagar.

Com a ajuda dele, alcancei tudo que tinha para sentir com o meu corpo – senti cada centímetro, toda a potência, todas as células, tudo. Fechei os olhos sorrindo e então, quando acelerei na descida, abri os olhos para ver ele me assistindo enquanto eu alcançava o mundo. Ele sorriu me vendo gozar e sussurrou no meu ouvido "que linda". Nós nos beijamos e só então ele cuidou da própria descida, o pau entrando devagar, mas com força, o coração batendo acelerado. Eu sorri muito, me senti muito livre, provoquei, nós mudamos de posição uma, duas, três, dez, cem, mil vezes. Nós não queríamos que aquilo acabasse.

Eu não sei quantas horas se passaram. Enquanto ele recuperava o fôlego, elevou o braço como me chamando para encaixar o corpo em um abraço. Meus cabelos repousaram no ombro dele, minha coxa cobrindo sua barriga. Começamos uma conversa preguiçosa que aos poucos se transformou em risadas altas. Quando me levantei para ir ao banheiro fazer xixi, peguei uma camiseta estampada com o rosto do Miles Davis que repousava na guarda de uma cadeira de frente para sua escrivaninha. Ele me olhou e disse:

"Estou loucamente apaixonado por ti!"

E eu respondi, debochada:

"Alguma mulher ainda cai nesse papinho de 'estou apaixonado por ti'? Você já me comeu, Fernando. Não precisa inventar história."

Ele sorriu surpreso e perguntou:

"O que é que eu vou fazer contigo, Clara Corleone?"

"Eu tenho uma porção de ideias de coisas que você pode fazer comigo…"

Depois de buscar meu celular na bolsa – que eu havia jogado de qualquer jeito na sala do apartamento – e arrumar as cervejas na geladeira – haviam sido esquecidas no chão do hall –, fechei a porta do banheiro, tirei a blusa do Miles Davis e fiz uma selfie no espelho. Enquanto fazia xixi, abri o WhatsApp, selecionei o destinatário, anexei a foto e digitei:

"*Acabei de trepar horas com um homem lindo, inteligente e solteiro, mas só penso em você. Vamos fazer as pazes?*"

Escrevi, mas não enviei.

Quando voltei para o quarto, montei delicadamente no corpo de Fernando. Ele estava dormindo, mas acordou e colocou as mãos na minha cintura, perguntando baixinho:

"Eu não posso tomar um copo de água antes?"

Enquanto eu movimentava meu quadril devagar com as mãos no peito dele, já sentindo seu pau ficando duro de novo, respondi:

"Achei que um homem arrebatado pela paixão não sentia coisas mundanas como sede!"

Passei a noite no apartamento da Giordano. Fui embora sábado de manhã, quando Fernando partiu para um set de filmagem na Serra. No decorrer da noite, ele tinha me contado que trabalhava no audiovisual, acho que era produtor ou talvez continuísta, não prestei muita atenção. Nos beijamos na calçada e o motorista da van que viera buscá-lo buzinou para apressá-lo, mas sorriu enquanto fazia isso. Era parte de uma brincadeira boba entre amigos. Fernando gritou para ele:

"Não atrapalhe a despedida de um bom homem com sua futura esposa!"

Revirei os olhos e rimos. Ele me deu mais um beijo – com o consentimento silencioso do motorista – e disse:

"Eu realmente estou completamente apaixonado por ti!"

Embora morássemos perto – ele no Rio Branco e eu, no Bom Fim – e tivéssemos muitos amigos em comum, nunca mais o vi.

No caminho para casa, recuperei a mensagem para Tarso – meu nude, a frase e a pergunta – e apertei em "enviar".

20

"Puta. Quem é essa puta? Quem é essa PUTA? Quem é essa puta? Quem é essa vagabunda? Vagabunda. Vadia. Escrota. Piranha. Quem? Como uma mulher se fotografa desse jeito? Como uma mulher se dá o direito de enviar essa fotografia para um homem casado? O meu homem? Tarso está tendo um caso com essa mulher? Ele enlouqueceu? Quem ele pensa que é? Quem ele pensa que eu sou? Quem é essa vadia? Eu conheço? Eu conheço essa puta? Puta!"

Estou repetindo essas frases por uma hora ininterruptamente desde que vi, no telefone de Tarso, essa foto eclodir: uma mulher, uma moça – meu Deus, quantos anos ela tem? – em frente a um espelho de banheiro. Não consigo ver seu rosto, apenas sua boca. O recorte da captura vai da boca até a cintura. Ela está nua e de perfil. Tem seios grandes e uma barriga saliente. É branca e segura o telefone ao lado do rosto, as unhas pintadas de vermelho.

Toda puta pinta as unhas de vermelho.

Tarso esqueceu o telefone em casa quando foi para o jornal. Isso acontece com certa frequência. Nunca tive o hábito de mexer nas coisas dos outros, principalmente namorados. Não faço o tipo ciumenta. Quando vi o celular do meu marido na sua mesa de cabeceira, deixei ele junto ao meu na certeza de que Tarso telefonaria para si mesmo ao se dar conta que estava sem o aparelho e mandaria alguém do jornal buscar. É um expediente comum e, como já comentei, Tarso anda ainda mais aéreo e distraído ultimamente. Como hoje é sábado e não trabalho, fiquei mais um tempo na cama lendo e, apenas às dez da manhã, me levantei. Fui até a cozinha segurando os dois aparelhos, que coloquei sob a bancada da pia. Estava passando café quando o telefone de Tarso apitou. Duas notificações. A imagem dessa vagabunda em um quadradinho menor. E uma mensagem:

"*Acabei de trepar horas com um homem lindo, inteligente e solteiro, mas só penso em você. Vamos fazer as pazes?*"

A remetente foi salva como C, apenas. Meu estômago se contraiu imediatamente. Pensei que ia vomitar. Fiquei parada no meio da cozinha, com o celular na mão, não sei por quanto tempo. Senti uma dor de cabeça súbita. Quando desliguei a cafeteira, percebi que minhas mãos estavam tremendo.

Fui para a sala levando os dois celulares. Sentei no sofá e olhei a tela do telefone de Tarso novamente, minha cabeça latejando. *"Acabei de trepar horas com um homem lindo, inteligente e solteiro, mas só penso em você."* Que tipo de pessoa faz sexo com um homem e manda foto para outro em seguida? *"Vamos fazer as pazes?"* Fazer as pazes? Faz quanto tempo que estão brigados? Faz quanto tempo que se relacionam? Tarso tem uma porra de uma amante?

Tarso tem uma porra de uma amante.

Tarso tem uma porra de uma amante!

Tarso tem uma porra de uma amante. Meu Deus, era tão óbvio!

Fotografei a tela do celular dele com a câmera do meu, acessei o grupo no WhatsApp que tenho com Denise e Elaine, BFF, e comecei a digitar:

"Acabei de descobrir que Tarso tem uma amante."

Involuntariamente, dei uma gargalhada. Que situação patética! Que coisa mais novela das oito: "amante". A mulher traída. A amante peituda. O clichê completo. Desisti de mandar a mensagem. Liguei a tela do telefone do meu marido mais uma vez. Arrisquei algumas senhas para desbloquear o aparelho: sua data de nascimento, minha data de nascimento, "Grêmio 1903". Nada. A mensagem dela seguia brilhando na tela quando eu apertava o botão lateral do celular.

"*Vamos fazer as pazes?*"

A curva dos seus seios.

Essa mulher sem rosto trepa com o meu marido. Quer fazer as pazes com o meu marido.

Ainda estava segurando o telefone quando ele vibrou e se iluminou. Era da redação, Tarso finalmente percebeu que estava sem o celular. Quando atendi, eu não disse nada.

"Alô? Clarissa?"

Senti novamente que ia vomitar.

"Clarissa? É o Tarso, Clarissa."

Senti uma gosma espessa e quente subindo pela minha garganta.

"Alô?"

Meus dentes estão fortemente grudados uns nos outros. Ele hesitou:

"Clarissa?"

Ele entendeu tudo. Finalmente consegui abrir a boca:

"Ela mandou uma foto."

Não consegui ouvir a resposta dele, pois deixei o telefone cair no chão quando corri até o banheiro e me ajoelhei no ladrilho frio em frente à privada.

21

"Me conta: quanto tempo ele demorou para dizer que estava apaixonado por ti?"

"O tempo de uma trepada."

Marina, Camila e eu gargalhamos. Viemos ao Bistrô da Travessa comer uma pizza. Faz parte do protocolo de uso do Banco de Talentos da Marina: a usuária passa o relatório em até 24 horas após o procedimento.

"Ele sempre faz isso! Será que alguém cai nesse papo?"

"Olha, eu acho que hoje em dia a mulher tem que ser muito boba para acreditar. Como diabos uma pessoa vai se apaixonar por outra tão rapidamente?"

Camila termina de mastigar um quadradinho da pizza de mozzarella e complementa:

"Não que tu não seja apaixonante, amiga!"

"Obrigada, mana."

"Somos! Um brinde a nós!"

Marina ergue seu copo americano cheio de cerveja uruguaia e nós a acompanhamos. Divago:

"Eu acho que tem caras que são mais intensos, mesmo. E tem outros que acham que é isso que queremos ouvir. No caso, acho que o Fernando se acostumou a distribuir 'estou apaixonado' a três por quatro."

"Ele é do tipo que diz 'boa tarde' pra namorada e 'eu te amo' pro porteiro."

Marina riu.

"Exato! As mulheres que saem com ele não levam essa declaração a sério, então está tudo bem."

"Mais ou menos, mana... Tu e a Marina não deram a mínima, mas certamente outras mulheres devem ter acreditado – e até sofrido. Ou porque de fato se apaixonaram por ele ou porque, acreditando que aquilo era especial, se entregaram mais, apostaram nessa relação e quebraram a cara."

"Faz sentido, mas, de qualquer forma, mesmo que a mulher caia nesse papo e acredite na paixão a jato do Fernando, ela não tem como apostar na relação", Marina interviu.

"Como assim, não tem como apostar na relação?"

"Ele some", Marina e eu respondemos ao mesmo tempo.

Camila ficou impactada com essa informação e demorou alguns segundos para se recuperar. Bebeu mais um gole de cerveja e pousou as duas mãos na mesa, muito séria:

"Vocês estão me dizendo que esse animal sai com a mulher, trepa com ela, diz que está apaixonado e, depois, some sem dar notícias?"

"Exatamente!", novamente, respondemos em coro.

Ela perdeu completamente a paciência:

"Mas esse cara é um canalha, Marina! Não acredito que tu colocou ele no Banco de Talentos! Ainda bem que eu sou casada e nunca vou precisar desse teu dispositivo fajuto!"

Marina abriu a boca em uma careta exagerada, como se estivesse muito ofendida com a acusação. Levou uma mão para o lado esquerdo do peito, indicando sua imensa mágoa, e começou sua defesa:

"Amiga, meu Banco de Talentos é diversificado!", fez um gesto amplo, "temos todos os tipos de homens para todos os tipos de necessidade. Fazemos uma curadoria cuidadosa e só recomendamos um homem para as amigas quando temos certeza de que ele atenderá uma demanda específica. Posso lhe garantir que, em 96 por cento das vezes, o método é um sucesso!"

Rimos. Camila, realmente curiosa:

"Nesse caso, qual era o tipo do tal do Fernando?"

"O tipo que vai te fazer rir e gozar e que vai mostrar que tu ainda pode ter bons e proveitosos encontros amorosos. O talento do Fernando é mostrar para a mulher desiludida com o mundo dos dates que um bom encontro ainda é possível. No entanto, essa mulher precisa ter consciência que sairá apenas uma vez com ele. O Fernando some no mundo depois. É tipo queima de arquivo. Aliás, esse é outro talento dele: sumir. Pode ser um desastre se ele sair com uma mulher que tenha uma demanda diferente da Clara. Se for uma mulher que quer namorar ou que se apaixona com facilidade, por exemplo. Mas, nesse caso, eu jamais indicaria esse membro para as minhas amigas. Eu levo o Banco de Talentos muito a sério!"

Era a minha vez de ficar curiosa:

"E qual era a minha demanda, senhora?"

Marina colocou o dedo indicador suavemente no ouvido, como se estivesse usando um microfone desses típicos do telemarketing:

"O Banco identificou que a senhora precisava ser bem comida, senhora. Além disso", ela fingiu digitar algo em um teclado imaginário, "pelo seu histórico de piranha, nossa equipe sabia que a senhora teria discernimento para não cair em conversinha fiada e que tiraria o maior proveito possível dessa situação."

Marina fingiu manipular um mouse:

"E podemos ver que o objetivo foi atingido, visto que a senhora teve, estou abrindo a tabela aqui, a senhora teve três…"

Levantei a mão indicando o número quatro com os dedos. Ela abriu um sorriso imenso, estendendo o braço para um high five comigo (que ecoou em todo o restaurante) e só então retomou sua personagem:

"Quatro orgasmos!"

Aplaudimos sua performance.

Pedi mais uma cerveja para o garçom e disse:

"É evidente que esse comportamento do Fernando é um troço patético e narcísico. Ele vai acabar se fodendo quando realmente se apaixonar por alguém. Vai ser difícil alguma mulher acreditar nele. É a velha história do Pedro e o Lobo. No entanto, a Marina tem razão. Para o que eu estava precisando, ele foi perfeito. A gente teve uma química muito forte, não só sexual, mas… Como é que eu vou explicar? Foi fácil estar com ele! É isso. Eu sei que esse lance de sair com caras é meio que uma loteria: às vezes você encontra um cara bom de cama e péssimo de papo, às vezes é o contrário. Também tem vezes que ele manda bem na cama e no papo, mas não existe uma conexão. Daí tem um momento mágico em que tudo isso converge, mas o cara acha que a gente vai se apaixonar por ele. Não consegue deixar o troço rolar naturalmente, se apavora e sai correndo. Eu tenho uma preguiça muito grande desse tipo."

Marina concordou:

"Eu também! Penso 'putz, mais uma promessa de sexo e amizade que vai pelo ralo porque tu é trouxa, meu filho'. É muito chato ficar sem o sexo e sem a amizade."

"Exato!", eu disse. "Os homens simplesmente ignoram que mulheres possam querer, apenas, transar."

Camila comentou:

"Que inferno ser solteira, amigas. Força."

A cerveja chegou. Servi os copos delas, respirei fundo e bati com o talher na borda do meu, anunciando que daria um discurso:

"Vocês são pessoas muito importantes pra mim. Acho que sabem disso, certo?"

Elas assentiram. Continuei:

"Eu agradeço muito toda a força que vocês têm me dado nesses últimos meses. Sei que não é fácil lidar com uma pessoa lambendo as feridas de uma separação. Sei que a pessoa pode ficar um pé no saco. Vocês me apoiaram muito. E é por isso que eu queria dizer pra vocês que eu enviei uma mensagem pro Tarso hoje de manhã."

As duas se mexeram nas suas cadeiras. Se entreolharam. Continuaram em silêncio. O que falei em seguida havia sido ensaiado muitas vezes:

"Durante todo esse tempo, eu achei que estava desperdiçando a minha juventude com o Tarso. Que o fato de estar envolvida com um homem que, além de ser comprometido com outra mulher, também não gosta de mim como eu gosto dele, era jogar alguma coisa de precioso fora. Esse período que ficamos separados me fez entender que a vida sem o Tarso é o verdadeiro desperdício. As coisas são o que elas são. Eu não posso transformar o que o Tarso sente por mim em um sentimento tão forte quanto o que eu sinto por ele. Não posso. Mas eu posso viver a nossa história exatamente como ela é, alcançar toda a potência que ela já apresenta, mergulhar em tudo isso. Ser feliz. Mesmo que não seja ideal, mesmo que não esteja tudo certo, mesmo que não seja equilibrado. Viver essa história, esse amor. Viver. Entender que a minha vida é esse momento e que, nesse momento, existe esse homem. Eu o amo. Eu não quero que ele deixe de existir na minha vida."

Marina sorriu:

"Mana, a gente não tem nada a ver com isso. Tu não precisa da nossa autorização para viver a tua vida."

"Não é para pedir 'autorização' que estou falando, que estou contando. É porque amo vocês e quero que saibam que levei a sério tudo o que me disseram nesse período, todos os conselhos, todos os abraços. Sou muito grata por ter vocês na minha vida. Eu sei a opinião de vocês sobre o Tarso, mas vocês são importantes demais para mim e eu não quero mentir, esconder. Não quero deixar de contar as coisas pra vocês."

Camila pegou a minha mão por cima da mesa:

"A gente vai estar sempre aqui. Tudo o que falamos, falamos por amor. A gente só não quer que tu sofra."

Ela hesitou um pouco antes de completar:

"E eu não vejo como tu não vai sofrer estando com ele."

Eu entendia o que a minha amiga estava falando. Já havia terminado com Tarso algumas vezes quando a situação se tornava insuportável para mim, mas só recentemente tinha compreendido uma coisa fundamental:

"Eu sofro mais sem ele do que com ele."

"Então que assim seja, amiga. Como diz o Gil, 'quem sabe de mim sou eu – aquele abraço'. Quem sabe da tua vida é tu. Se é isso que tu quer, beleza. Cabe a nós duas te apoiarmos. Só tem uma coisa que eu preciso te falar."

Meu celular, com a tela virada para baixo, vibrou com a entrada de uma mensagem.

"Não fica tão disponível para ele. Não sai correndo quando ele te chamar. Tu é uma deusa."

Marina concordou, balançando a cabeça solenemente:

"Uma deusa. Uma louca. Uma feiticeira."

"Talvez eu esteja mais para uma deusa, uma trouxa, uma feiticeira."

"Para, besta. Não te deprecia. Tu merece o mundo."

Aquilo me emocionou muito. Eu sabia que as meninas não aprovavam esse relacionamento. Eu mesma não aprovava. Era errado, é errado, se relacionar com uma pessoa que está em um relacionamento com outra. É errado – e não tem discussão. Eu nunca justifiquei esse comportamento, essa relação. Eu era loucamente apaixonada por Tarso, mas não a ponto de ficar cega para a minha falha, a falha dele. Minhas amigas são pessoas com valores muito fortes. Nenhuma delas jamais faria o que eu estava fazendo e eu sabia que era difícil para elas me ver assim. Mesmo assim, não julgavam. Davam conselhos, puxavam a orelha, chamavam a atenção, mas não julgavam. Me acolhiam e não faziam com que eu me sentisse uma pessoa terrível. Quando eu mesma dizia isso, dizia "eu sou uma pessoa terrível", elas discordavam: "Tu é humana, apenas aconteceu".

Eu realmente havia pensado que o aborto seria um marco definitivo na minha história com Tarso. Eu pensava que não teria como levar essa história adiante, porque as coisas ficaram tão complicadas, tão cheias de mágoa, tão cheias de dor... Eu tinha certeza de que não teria como apagar aquilo tudo, abrir a porta, os braços pra ele, fingir que eu não tinha quase morrido sozinha no banheiro de casa, continuar fingindo que eu era despreocupada, continuar fingindo que eu não o amava. E que esse amor era tão forte, tão profundo, tão inconsequente, que me fez dizer que ele podia gozar dentro de mim naquela tarde em que fiquei grávida. Eu estava ficando um pouco louca e sabia disso. Por isso eu tentei me afastar, tentei, fiquei meses sem falar com Tarso, saí com outros homens... Eu tentei, mas não adiantou.

Eu não queria me desvencilhar dele. Eu não queria, não podia, não conseguia.

Marina estendeu a mão e ficamos nós três de mãos dadas, olhando umas para as outras. Marina falou baixinho:

"Gurias, tá todo mundo olhando pra gente. Parece que estamos terminando o nosso namoro!"

Gargalhamos e soltamos as mãos. Peguei meu telefone e, ainda rindo, dei de cara com uma mensagem de Tarso. Meu coração disparou, como sempre. Digitei rapidinho uma resposta e virei novamente o telefone com a tela para baixo:

"Parece que essa pequena intervenção deu resultado, gatas. Acabei de dizer pro Tarso que hoje eu não posso encontrar com ele. Afinal, estou com pessoas muito importantes."

As mais importantes.

22

Quando Tarso entrou no apartamento, eu não consegui levantar o rosto. Continuei sentada no sofá da sala olhando para baixo. Minha cabeça parecia explodir. Eu sentia uma espécie de febre. Uma fúria. Ele sentou do meu lado. Senti que as lágrimas eram inevitáveis. Não era tristeza. Era outra coisa. Comecei a falar baixinho:

"Eu não sei se consigo explicar como estou me sentindo."

"Tenta."

Senti um arrepio de ódio. A voz de Tarso soava quase entediada. Era como se me ouvir fosse uma coisa chatinha que ele era obrigado a fazer, como uma criança que, pega fazendo uma travessura, se resigna a ouvir um discurso dos pais antes de ser posta de castigo. Eu falei devagar:

"Tu é nojento. Era isso que fazia quando ficava até mais tarde na redação?"

Ele suspirou:

"Às vezes. Às vezes eu, de fato, ficava até mais tarde na redação."

Antes que pudesse pensar no que estava fazendo, esbofeteei Tarso. Bati em seu rosto, em seu peito, na sua cabeça. Ele não fez nenhum movimento para se defender. Comecei a berrar:

"Eu que nem uma idiota cuidando desta casa, cuidando de ti, arranjando para que fosse ao médico, revisando as merdas que tu escrevia, preparando o teu jantar… Que tipo de homem trata assim uma mulher que nunca fez nada pra ele? Tu enlouqueceu? Está apaixonado por essa puta?"

Ele parecia distante.

"Não. Não sei. Que diferença isso faz?"

Foi então que ficou muito claro para mim: Tarso não ia se defender. Não se importava com a minha reação, pois já havia tomado uma decisão. Ficando ou não com a outra, comigo ele com certeza não queria mais ficar. Sua complacência com a nossa separação fez com que eu me sentisse humilhada. Dez anos de casamento. "Que diferença isso faz?"

"Tu é um covarde. Por que tinha que me enganar? Por que simplesmente não foi viver essa história e me deixou em paz?"

Ele encostou uma mão na têmpora direita e fez um pequeno movimento circular com as pontas dos dedos:

"As coisas não são simples assim…"

Ergui novamente as mãos para bater nele, mas Tarso segurou ambas com firmeza e disse, calmo:

"Clarissa, me bater não vai resolver as coisas."

"E o que vai resolver as coisas? Como é que tu te atreve a falar assim comigo?", eu comecei a berrar novamente. "Vai agora arrumar tuas coisas, seu merda! Sai da minha casa!"

"Os vizinhos…"

Berrei mais alto:

"Eu quero que os vizinhos se fodam! Agora tu tá preocupado com o que os outros vão pensar? Enquanto me expunha ficando com essa puta, não era um problema. Aposto que todo mundo na redação morre de rir da minha cara, a idiota corna que aparece nas festas do jornal sem fazer a mínima ideia de nada!"

"Não é assim…"

"Então é como? Como é que é?"

Ele permanecia em silêncio. Me levantei:

"Qual o nome dela? Onde se conheceram? Faz quanto tempo…?"

Mas não consegui completar a frase. Caí novamente no sofá, as mãos no rosto, chorando e soluçando. Tarso se levantou e ouvi enquanto abria a geladeira na cozinha, pegava uma garrafa de água e servia em um copo que antes secava no escorredor de louças. Entregou o copo para mim, que peguei sem olhar para ele. Bebi toda a água e fui, aos poucos, parando de chorar. Depois de alguns minutos em silêncio, perguntei:

"Ela é mais nova que eu?"

"Clarissa…"

"Responde, por favor."

Depois de um breve silêncio, ele respondeu:

"Ela tem trinta anos."

Senti uma pressão na boca do estômago.

"Faz quanto tempo?"

"Clarissa", senti uma leve irritação na voz de Tarso.

"Eu tenho o direito de saber", choraminguei. Não sei por que estava fazendo isso comigo mesma. Não sei por que estava me torturando.

"Um ano e meio, talvez dois."

Comecei a chorar de novo, a cabeça explodindo:

"Eu não te fiz nada. Eu não fiz nada para merecer ser tratada assim."

Pensei em todas as vezes que Tarso chegou mais tarde em casa. Nunca captei uma expressão de culpa no seu rosto. Ele simplesmente deitava na nossa cama depois de ter estado na cama dela. Ele transava com ela e voltava para casa para transar comigo. Então me lembrei que na verdade não fazia sexo com o meu marido há um ano e meio. Talvez dois.

Fiquei em silêncio chorando por muito tempo. Quando comecei a falar novamente, sentia que não era eu. Me sentia distante, como se tudo aquilo estivesse acontecendo com outra pessoa, com outras pessoas. Como se estivesse assistindo a um filme:

"Tu não quis nem tentar falar comigo, nem tentou resolver… me deixou no escuro, me traiu, não me deu nenhuma chance de consertar as coisas. Não foi honesto. E eu te dei tudo, te deixei morar no meu apartamento, segurei as nossas contas sozinha nos primeiros anos quando o jornal quase fechou, te acolhi – embora muita gente me dissesse que tu era um aproveitador, um canalha. Minhas amigas me disseram que tu não prestava e eu te defendi. Eu te defendi. Eu te amei. Eu te amei, seu filho da puta!"

Eu ia vomitar novamente. Sem correr, fui até o banheiro. Bile. Fiquei ajoelhada no chão e voltei a chorar. Tarso permaneceu na sala. Nenhuma palavra de consolo, nenhum pedido de perdão, nenhum gesto amoroso. Foi como se, de uma hora para a outra, eu não tivesse mais nenhuma importância pra ele. Não merecia nem as protocolares palavras gentis que ele sempre me dirigia. Foi como se ele tivesse virado uma chave, apertado um botão: pronto. Ele não se importava mais comigo. O que eu sentia, o que eu pensava. Simplesmente não fazia mais diferença. Hoje pela manhã eu ainda era a Clarissa, sua mulher. Agora sou Clarissa, uma pessoa histérica de quem ele quer se livrar.

Levantei do chão, lavei o rosto, bochechei água e saí do banheiro. Olhei de relance minha cara no espelho. Eu parecia uma bruxa. "Ela tem trinta anos."

Quando entrei novamente na sala, Tarso digitava em seu telefone, tranquilamente. Inacreditável.

23

Embora eu tenha segurado a minha onda enquanto estava com as meninas, é claro que a mensagem que Tarso me mandou mexeu comigo. Ele sempre demora um pouco para me responder no WhatsApp – o trabalho no jornal exige muito –, mas dessa vez foi um pouco demais. Eu enviei de manhã e ele só respondeu de noite. Já estava achando que talvez ele não me quisesse mais, mas foi o contrário: Tarso disse que estava louco para me ver. Tão louco que daria um jeito de vir ainda hoje, se eu pudesse. Eu disse que não pensava em outra coisa, mas que só poderia no dia seguinte, justamente no nosso aniversário de dois anos. Ele perguntou:

"Então já vai fazer dois anos?"

"Você não lembra o dia que ficamos juntos pela primeira vez?"

Ele falou que claro que lembrava, que estava brincando. Marcamos no dia seguinte, à tardinha, no meu apartamento.

Cheguei em casa bem tarde e, um pouco bêbada, escrevi de um fôlego só no meu blog:

vai fazer dois anos em um dia.
você sempre abriu a porta quando eu quis ir e escancarou a janela quando eu pedi para voltar. tranquilo e infalível. não sei como faz isso, um jeito de enterrar o nariz na curva do meu pescoço e aspirar o meu cheiro,

acariciar a tatuagem em formato de coração no meu ombro direito e me beijar na boca a todo o momento enquanto fazemos amor. um jeito que vem desde o começo, naquele junho frio. eu te amo e te amar desbota os sonhos que um dia eu tive, afasto-os enquanto acaricio os meus cílios no silêncio de depois: não terei seus filhos, nenhuma árvore de natal, uma viagem de carro pro interior de algum lugar. não me importo. que mentira, me importo, mas só quero estar com você, nesse espaço do seu ombro magro, encaixada com a minha coxa na sua barriga, sentindo a sua respiração ficando tranquila e ansiando pelo momento que, recuperado, você vai sorrir e me perguntar. vai perguntar qualquer coisa, isso não importa, o que importa é que vai escutar a resposta. você me escuta. tudo em você é sobre a escuta. a sua calma advém da escuta. escuta as coisas que digo e as que eu calo. escuta o meu corpo inteiro, prevê ações, se adianta – mas se adianta com calma. o toque, a fala – você fala pouco durante o sexo – tudo é leve, tudo é bom. sempre que nos encontramos levamos sorrisos idênticos e nossos pelos seguem se arrepiando do contato um com o outro, e você segue me olhando com assombro e admiração quando tira minha roupa e eu ainda guardo essa coisa boba adolescente de ficar toda sorridente quando você liga, escreve, aparece. o coração vai parar lá do outro lado da osvaldo aranha, arranha a alma, um arrepio bom, nosso abraço de encontro apertado, vai liquefazendo tudo, molha, cede, esquenta, você me toca de mil formas diferentes e sempre funciona, tem meu manual de instruções. e como eu fico feliz, depois, vestindo uma camiseta por cima da calcinha enquanto você fuma um cigarro, de pedir, preparando alguma coisa pra gente comer, "amor, abre o vinho?". amor. a palavra que, pra mim, nunca veio fácil, contigo salta dos meus lábios sempre tão ansiosos pelos seus. "amor, abre o vinho?" você me mostra uma música que não conheço por conta do nosso gap geracional. rimos muito. eu sei que a sua vida é mais feliz desde que cheguei. eu sei porque você vai embora da fernandes vieira parecendo um menino – isso quando eu não brigo com você, pois sou sempre eu que brigo com você, sou sempre eu que digo que não aguento mais.

como eu fui burra: o que eu não aguento é ficar sem você. hoje eu lembrei de você tirando o dia inteiro pra ficar comigo depois que lancei meu livro. eu vendo você abrir a porta ainda pela manhã, tonta de ressaca e euforia e amor. a felicidade é ansiar pelo encontro com algo lindo que a gente já sabe que tem, que terá. naquela manhã eu já tinha meu livro e agora teria você, era um ápice de felicidade, um pico, uma coisa até escandalosa: deve ser crime ser assim, tão feliz. depois de trepar e antes de você cozinhar pra mim, me pediu pra ver o livro. alcancei ele pra você e fiquei quietinha, um pouco tímida – engraçado ficar tímida quando se está nua abraçada no corpo de outra pessoa que acabou de te fazer gozar, mas eu estava. você abriu a esmo o livro e leu. depois de um ou dois minutos de silêncio, eu perguntei "o que você leu" e você sorriu "eu abri o livro e olha onde fui parar". era o primeiro texto que escrevi pra você. você me beijou e eu achei que ia tudo explodir. não explodiu, mas expandiu. o que eu sinto por você não para de crescer vai fazer dois anos em um dia.

24

Fiquei alguns segundos muda na entrada da sala, olhando Tarso digitar no celular. Ele estava tranquilo, calmo. Digitava com as duas mãos, absorto na tela do telefone. Sem me mover, perguntei:

"Está falando com a tua namorada?"

Ele me olhou sem parecer surpreso ou constrangido:
"Está se sentindo melhor?"

"Estou", eu respondi rispidamente. Então, repeti com mais força:

"Está falando com a tua namorada?"

Sem se dar ao trabalho de virar o rosto para mim, e ainda digitando, Tarso disse com uma voz neutra:

"Eu não tenho namorada."

Peguei a garrafa de espumante que uso como vaso de flores, em cima do gaveteiro da sala, e joguei na direção dele. Tarso desviou a tempo, antes da garrafa, a água e os cravos baterem contra as almofadas fofas do sofá. Balbuciou algo que não compreendi. Pegou a garrafa e os ramos de flores, levantou e foi até a cozinha. Eu continuei na entrada da sala, incapaz de me mexer. Tarso voltou com um pano de prato para secar o sofá. Eu corrigi:

"Não usa esse pano, é para a louça."

Ele finalmente se irritou:

"Existe um pano próprio para secar água do vaso de flores que uma pessoa joga na outra?"

Fiquei em silêncio enquanto ele pressionava o pano na superfície do sofá. Quando voltou para a cozinha, me encarou e disse, furioso:

"Tu poderia ter me acertado! Uma garrafa, Clarissa! Pesada! Tu tá louca?"

Finalmente me mexi. Meu corpo tremia inteiro, então sentei na beirada do sofá com a esperança de que isso o fizesse parar. Não adiantou. Tremendo, eu ouvia os barulhos de Tarso na cozinha – abrindo o lixo para jogar as flores, lavando a garrafa, secando a pia, dizendo alguns palavrões – e não esperei que ele se calasse ou voltasse para sala para começar a falar.

Desculpa se me repito, mas eu não me reconhecia. Estava completamente alterada. Essas minhas explosões de violência – bater em Tarso, jogar uma garrafa em sua direção – nunca haviam ocorrido antes. Nem com ele, nem com ninguém. No entanto, seria melhor ter prosseguido com esse tipo de violência do que ter feito o que fiz. E não falo pelo Tarso, falo por mim. Falo porque me rebaixei demais, me transformei em uma pessoa nojenta. Durante o que pareceu uma hora, disse coisas horríveis para o meu marido. Disse coisas que sequer pensava ou realmente sentia. Eu queria ferir, machucar, queria que ele se sentisse como eu. Ao mesmo tempo, eu também queria que ele se ajoelhasse e me pedisse perdão e dissesse que íamos dar um jeito em tudo, em qualquer coisa, que éramos imbatíveis. Nesses momentos, eu chorava com força e dizia que amava ele, que ele era o amor da minha vida, que eu nunca amei ninguém como amei ele – e me sentia patética, porque as palavras não pareciam sequer caber na minha boca. Como Tarso não se movia, não se apressava em dizer "eu também" – eu também te amo, eu também sei que tu é o amor da minha vida, eu também nunca amei ninguém como te amo – e, pior, em nenhum momento disse que a C., a mulher da foto, era uma pessoa sem qualquer importância, eu voltava a minha carga de crueldade. Eu não tive o benefício do "ela não significa nada para mim". Ele não teve a cordialidade de mentir que ficou com ela apenas uma vez, nem de jurar que estava profundamente arrependido, arrasado, derrotado, que estava tão arrependido que preferia estar morto.

Eu disse coisas que não posso e não quero repetir. Estava na merda e queria que ele também estivesse. Foi horrível. Foi realmente horrível.

Quando finalmente parei de falar – pareceu uma hora, mas podem ter sido quinze, vinte minutos –, me sentia exausta. Fiquei então torcendo as mãos e olhando fixamente para o chão, a cabeça doendo de tanto ranger os dentes, e dizia mentalmente, repetindo sem parar:

"Seja gentil e sofra comigo, seja gentil e sofra comigo, seja gentil e sofra comigo."

A já familiar massa pegajosa subindo pela garganta, meus olhos ardendo.

"Seja gentil."

Farta porém vazia.

"Sofra comigo, Tarso, implore, faça planos, diga que se arrepende terrivelmente, pegue as minhas mãos, diga que tudo voltará a ser como era antes, até melhor do que era antes, que vamos viajar juntos, que vamos ter um filho, que é impossível e doloroso e absurdo e inacreditável sequer se imaginar vivendo longe de mim, por favor. Seja gentil e sofra comigo."

Ouvi quando Tarso caminhou até o quarto. Ele voltou pouquíssimo tempo depois. Levantei parcialmente a cabeça e vislumbrei, em sua mão, a pequena mala que costuma levar nas viagens rápidas para Brasília. Voltei a abaixar a cabeça, sem coragem de olhar. Se eu olhasse, se tornaria real. Ouvi então o som metálico das chaves que ele apanhou em cima do mesmo móvel onde, antes, eu agarrara a garrafa para jogar em sua direção. Antes de bater a porta, Tarso disse:

"Clarissa, imagina que incrível seria se tu empregasse a mesma energia com que enche o meu saco para fazer alguma coisa da porra da tua vida."

E partiu.

25

Tarso me avisou que estava chegando. Como ele havia deixado as chaves da minha casa na caixa de correio depois que terminei o nosso relacionamento, era necessário que eu abrisse o portão. Atravessei o corredor do prédio correndo. Nunca havíamos ficado tanto tempo sem falar um com o outro: três meses. O nosso cumprimento foi atrapalhado, eu pensei que ele me beijaria no rosto, mas ele beijou a minha boca – ficou um meio beijo, uma coisa esquisita. Entramos no corredor juntos, lado a lado – normalmente entrávamos já abraçados, de mãos dadas ou nos beijando e agarrando ao mesmo tempo –, ambos olhando para baixo. Meus olhos úmidos, minha garganta fechando. Abri a porta do apartamento, Billie e Ella correram para recebê-lo, Tarso fez festinha. Fui para o quarto, ainda não sabia como me comportar, não sabia se oferecia um vinho, perguntava se ele queria comer alguma coisa, se ligava uma música – e eu tinha muito medo de chorar repentinamente. Ele entrou no quarto e fechou a porta atrás de si, deixando as minhas cachorrinhas na sala:

"Você mudou os móveis de lugar. Ficou ótimo."

"Não faça isso."

"Isso o quê?"

"A conversa fiada… eu não sei conversar fiado com você. Vou acabar chorando enquanto explico a nova disposição dos móveis da sala. Vai ser ridículo."

Rimos. Finalmente tive coragem de encará-lo. Ficamos nos olhando nos olhos em silêncio até que ele se aproximou lentamente de mim. Meu coração disparou como um trem-bala. Ele tocou meu rosto com as duas mãos e disse, baixinho:

"O texto que tu escreveu, sobre o nosso aniversário..."

Beijei ele nos lábios, ele devolveu o beijo. Uma coisa delicada que foi ficando intensa. Grudamos no corpo um do outro e, em pouco tempo, eu já estava apenas de calcinha e sutiã e ele, de cueca. O telefone de Tarso tocou, ele resmungou "agora, não". Pegou o aparelho, silenciou, hesitou um pouco e resolveu desligar o celular. Ele nunca tinha desligado o telefone antes.

Eu me deitei na cama, de bruços. Primeiro Tarso beijou meu pé direito – minhas pernas estavam flexionadas para cima – depois minha panturrilha, então lambeu toda a parte posterior da minha coxa, mordeu a minha bunda e continuou subindo até passar a língua do meu cóccix até a minha nuca. Afastou meus cabelos do rosto e beijou a minha boca. Eu sorri e ele voltou para repetir o mesmo itinerário – desta vez começando pelo pé esquerdo. Ele deitou por cima de mim, afastou a minha calcinha para o lado, colocou o dedo dentro da minha buceta, me beijou de novo e colocou outro dedo da outra mão na minha boca. Fiquei chupando o dedo dele enquanto sentia seu pau explodindo dentro da cueca e forçava minha bunda na direção do corpo dele. Fiquei completamente molhada, acesa. Eu me virei de barriga para cima e tirei a calcinha. Ele escorregou para a parte inferior da cama, abriu as minhas pernas delicadamente e beijou a parte interna das minhas coxas, indo devagarinho com a língua até o meu clitóris. Eu estava quase tendo um orgasmo, Tarso tem um toque sensível, conhece meu corpo, escuta o meu corpo, percebe tudo. Pedi que ele me chupasse, o que ele fez na mesma hora e por muito tempo, só parando quando eu pedi que viesse. Desde a primeira vez que transamos, eu sempre peço por ele com um "vem". Adoro sentir, quando ele sobe por cima de mim, coloca o pau dentro de mim enquanto me beija na boca, o meu cheiro na sua barba e no seu bigode. Fiquei apertando o pau dele com a buceta enquanto ele metia – às vezes com força, às vezes delicadamente – gemendo muito.

Troca. Afastei meu corpo do dele poucos centímetros e fiquei de quatro. Enquanto me comia, Tarso puxava minha cintura e eu chamava o nome dele. Troca. Deitei de barriga para baixo, o pau dele ainda dentro de mim, Tarso tirou e começou a passá-lo no meu cu. Gozei imediatamente. Troca. Estou de lado olhando pra trás, ele segurando a minha bunda com força, a cama se mexendo, eu gemendo alto. Troca. Montei no pau dele de frente, enquanto ele chupava os meus peitos. Troca. Estou montada no pau dele de costas sentindo ele acariciar a minha bunda. Troca. "Vou gozar." Troca. "Vou gozar de novo."

Enquanto eu abria uma garrafa de vinho vestindo uma calcinha e a camisa de Tarso, ele sentou no sofá e pegou seu telefone, ligando-o novamente.

"Achei tão esquisito você desligar o telefone, amor. Nunca tinha feito isso antes."

"Pois é."

"Quem era?"

"A Clarissa."

Meu coração disparou. Tentei manter o controle e não parecer muito curiosa:

"Coitada, Tarso. Tem que atender ela, sempre. É sua mulher."

"Talvez ela não seja mais a minha mulher."

Pensei que ia ter um troço ali mesmo. Olhei para ele espantada, já sem me importar em parecer curiosa ou ansiosa:

"O que aconteceu?"

Tarso se mexeu de forma nervosa no sofá e senti que essa era a última conversa que ele queria ter nesse momento:

"Ela viu a foto que tu me mandou. Deu um ataque histérico. Chegou a me bater, a jogar um vaso em mim. Uma baixaria."

Fiquei vermelha. Que vergonha. Ela viu minha fotografia. Meu Deus, que vergonha!

"Desculpa! Eu sempre mandei fotos para você, não era minha intenção que ela visse."

"Eu sei, Clara. Eu sei. Ela nunca foi de mexer nas minhas coisas. Quando resolveu, a única vez que resolveu mexer, tu tinha mandado a foto."

Ele deu uma risada irônica, curta. Eu servi as taças e levei uma para ele:

"Quando foi isso?"

"Ontem."

"Por isso você me mandou aquela mensagem querendo vir para cá?"

"Sim."

"Mas você não me explicou, não me contou nada."

"Pois é."

Fiquei meio irritada com aquilo, com mais um "pois é", como se a história não fosse nada, como se ele estivesse me dizendo "ontem assisti ao jogo do Grêmio" ou "amanhã a previsão é de chuva":

"Eu não estou te entendendo."

"Como assim?"

"Como assim, 'como assim'? Acontece uma coisa dessas e você não me fala nada?"

"Estou falando agora."

Eu não consegui acreditar que aquilo estava acontecendo. Aquela calma dele. A forma como só me contou tudo porque eu perguntei pelo telefone desligado e pela ligação perdida. Falei, furiosa:

"Você é um mentiroso, Tarso."

Ele finalmente esboçou alguma emoção. Ficou puto:

"É sério que eu saí da casa de uma histérica para entrar na casa de outra?"

Fiquei muda de espanto. Ele nunca tinha falado dessa forma comigo. Comecei a chorar:

"Um mentiroso e um grosso!"

Ele largou a taça de vinho no chão e me abraçou. Tentei me desvencilhar, mas ele não deixou. Abraçou mais e beijou meu rosto, meus cabelos, minha boca. Choraminguei, mas não me soltei do abraço. Protestei baixinho:

"É um mentiroso, sim."

Ele levantou meu queixo delicadamente com a mão, colocando uma mecha do meu cabelo para trás da orelha:

"Quando que eu menti pra ti? Quando?"

"Neste exato momento!"

"Eu não menti, Clara. Eu omiti. Eu ia te contar."

"Como é que eu vou saber se você iria, mesmo, me contar? Agora eu não tenho como saber!"

"Não, não tem. Tu vai ter que confiar em mim."

Fiquei olhando para o rosto dele, querendo, precisando, desejando acreditar. Então, sem conseguir evitar, perguntei:

"E onde você dormiu?"

"Desculpe?"

"Onde você dormiu ontem, quando pediu para dormir aqui?"

"Ah... em um hotel."

Eu queria perguntar "qual hotel?", mas não queria que ele voltasse a me achar chata, histérica. Eu não sei ao certo por que me senti tão mal com essa história toda, já que no final das contas tudo o que sempre desejei era justamente isso: que eles se separassem. Na verdade, eu sei o que me incomodou. Mais do que a mentira – tanto sobre a briga quanto sobre ter dormido em um hotel, que tenho certeza que não era verdade –, uma coisa não parava de martelar na minha cabeça: a ideia de que Tarso não havia me contado sobre a separação porque ainda achava que poderia reverter a situação.

Não falamos mais sobre o assunto. Em vez de beber o vinho e jantar conversando, como sempre fazíamos, Tarso serviu a macarronada que cozinhou nos nossos pratos e trouxe para a sala, propondo que comêssemos enquanto assistíamos a um filme na Netflix. Eu concordei na hora, embora tenha sacado que a ideia – que ele tentou apresentar como se tivesse acabado de lhe ocorrer – era uma manobra clara para não precisar contar detalhes sobre a briga que tivera no dia anterior. No meio do filme, recolhi as louças sujas e levei para a pia da cozinha. Tarso perguntou se eu queria que ele apertasse o pause, mas eu disse que não era necessário – não estava prestando a mínima atenção na história, de qualquer maneira. Quando voltei, ele me puxou para o seu colo. Me beijou, me abraçou bem apertado. Era o seu jeito de pedir desculpas. Fomos para a cama mais tarde, deitamos em concha, não transamos. Eu não dormi um minuto. Tarso roncou. No outro dia, ele tomou banho e colocou a mesma roupa para ir para a redação.

"Eu vou ter que me organizar nos próximos dias."

Ele me disse, sentando na cama enquanto fechava a camisa.

"Provavelmente fique um pouco aéreo, desligado. A gente vai passar alguns dias sem se falar porque eu não vou ter tempo. Não é nada contigo, entende?"

Fiz que sim. Me sentia como uma criança que concorda com qualquer coisa desde que possa ter, no final do sermão, sua recompensa. Ele olhou a tela do celular, desbloqueou-a e disse:

"Hoje é segunda. Quem sabe, deixa ver... Jantamos juntos na quinta-feira?"

Eu queria perguntar por que ele não ficava na minha casa. Por que ele não trazia suas coisas para o meu apartamento? Por que ele precisava desses dias todos sozinho em um hotel? E que coisas ele ia resolver? Eu não poderia ajudar? E, principalmente: ele ia ficar comigo? Em vez disso, eu sorri e disse:

"Vou fazer lasanha. Quer que compre as cervejas que você gosta?"

Ele sorriu satisfeito:

"Tu é a melhor, sabia?"

Foi nesse momento, precisamente. Foi aqui que Clara Corleone, escritora feminista com um livro publicado – e premiado, ainda por cima – chamado *O homem infelizmente tem que acabar*, viveu o ponto mais baixo e patético da sua vida amorosa. Não basta estar idiotamente apaixonada por um homem casado, também me transformei em uma mulher incapaz de falar o que realmente quer dizer por medo de ouvir a verdade. Quando me tornei uma espécie de esposa dos anos cinquenta, uma *Stepford wife* perguntando se um homem quer que eu compre as cervejas que ele gosta?

26

"Como ela é?"

"Não deu pra ver bem, não aparecia o rosto, só o corpo."

"Ela não deve mostrar a cara para não correr o risco de ser reconhecida caso a imagem vaze… é esperta."

Levantei o rosto, furiosa:

"Ela não é esperta! Ela é uma vagabunda!"

"Clarissa, entendo a tua raiva, mas quem tinha compromisso com contigo era o Tarso e não essa moça. Chamar ela de 'vagabunda' não é legal."

Explodi:

"Será que tu pode deixar a porra do feminismo de lado neste momento? Essa filha da puta – e, antes que tu diga alguma coisa, eu sei que é errado chamar de 'filha da puta', também – está trepando com o meu marido, fica mandando foto pelada pra ele, cagando pro fato de ele ser um homem casado, e eu preciso medir minhas palavras pra falar dela? Vai se foder, Denise! Eu estou fodida, eu estou precisando de apoio, eu estou precisando dessa porra de sororidade, *eu*! O assunto sou *eu*! O foco sou *eu*! *Eu*, a sua melhor amiga! Será que tu pode esquecer por um minuto a Naomi Wolf, a Joanna Burigo, a Simone de Beauvoir e me abraçar e fazer coro pra chamar essa vagabunda de vagabunda?"

Denise e Elaine trocaram olhares nervosos. Assim que Tarso saiu pela porta do apartamento, liguei para elas exigindo que aparecessem o mais rápido possível – e que trouxessem bebida. Queria substituir a dor que estava sentindo pela alteração da capacidade de raciocínio, pela falta de atenção, pela alteração na percepção e coordenação motora, pelo blackout alcoólico, pela perda de reflexos, pela perda de julgamento da realidade.

Eu queria o coma alcoólico.

Antes mesmo das meninas chegarem, já havia bebido uma garrafa de vinho inteira. Eu não enxergava com clareza, via as coisas opacas.

Ele foi embora. Ele simplesmente foi embora. Ele me deixou. Eu não conseguia acreditar que aquilo estava acontecendo comigo. Eu não conseguia nem compreender. Eu pensava: o que aconteceu aqui? Ele me traiu e eu descobri, logo, não era pra ele estar de joelhos implorando o meu perdão? Será que sou uma merda de mulher tão feia, velha e sem graça que não mereço nem isso?

Quando Elaine e Denise chegaram na minha casa, eu estava completamente alterada. Acho que a dor intensifica o efeito do álcool. Sem nem compreender o motivo, eu senti raiva delas, senti raiva de seus conselhos, que pareciam estúpidos.

Enquanto Elaine ia para a cozinha preparar algo para comermos – elas trouxeram vinho, mas também comida –, peguei meu celular e liguei para Tarso. Denise, que tinha ido atrás da nossa amiga para ajudá-la, retornou para a sala a tempo de me ver, horrorizada, com o telefone nas mãos.

"Não, Clarissa. Não liga pra ele!"

Eu, febre, visão turva, dor de cabeça:

"Ele nem atendeu. Ele desligou na minha cara!"

Ao me ouvir, Elaine apareceu na porta da sala, preocupada:

"O que aconteceu?"

Fiz um gesto impaciente e tentei ligar novamente. A ligação caiu direto na caixa de mensagens.

"Agora ele desligou o telefone!"

Elaine, doce:

"Meu amor, não faz isso. Não telefona. Ele não merece."

Em nova explosão de raiva, respondi:

"Elaine, ele não é um idiota do Tinder que me comeu e não me ligou mais. É meu marido. Um casamento não termina assim. Será que tu tem capacidade para entender?"

Quando terminei de falar, me servi nervosamente de mais uma taça de vinho, derramando o líquido sem querer em mim mesma. Denise tentou me ajudar a limpar, mas eu, atrapalhada e agressivamente, empurrei ela:

"Sai daqui! Saiam as duas daqui! Vocês não entendem merda nenhuma!"

Denise então sentou ao meu lado no sofá. Primeiro achei que ela iria me abraçar, mas não. Ela me segurou com uma força absurda, por trás, imobilizando meus dois braços enquanto me erguia e, em instantes, já me arrastava pelo corredor. Eu gritava e espernava. Elaine ficou muda, os olhos muito arregalados, e creio que teria permanecido parada como uma estátua até agora se Denise não tivesse berrado mais alto do que eu:

"Liga o chuveiro!"

Eu berrei ainda mais alto que não ia entrar no banho, que aquela era a minha casa. Ninguém me ouviu. Elaine correu, ligou o chuveiro e tampou o ralo da banheira. Denise, ainda me segurando com força, tombou dentro da banheira comigo. Ela disse, firme:

"Olha o tamanho do fiasco que tu tá fazendo por um homem que não te ama!"

Dei mais um grito quando senti a água gelada em mim. Estava histérica.

"Tu vai curar esse porre!"

Comecei a chorar infantilmente, aos soluços. Percebi que Elaine, de pé no meio do banheiro, olhava para mim também chorando. Então murmurei, a voz pastosa:

"Está doendo. Está doendo muito."

Elaine sentou na beirada da banheira e fez carinho no meu rosto.

"Eu sei, meu amor. Eu sei."

Denise soltou meus braços e se acomodou melhor na banheira, me acolhendo no seu colo. Não ofereci mais resistência.

Não sei quanto tempo ficamos assim, uma imagem esquisita: duas mulheres vestidas dentro de uma banheira cheia de água, enquanto outra, sentada na beirada, acariciava o rosto vermelho da amiga.

E também não sei onde estaria, hoje em dia, sem as duas.

27

"Hoje as cervejas são por minha conta, senhoras! Tarso se separou!"

Estávamos no Rossi, para variar. Cheguei um pouco antes do jogo do Grêmio – que nós assistiríamos juntas –, joguei minha bolsa na mesa e dei a notícia. Camila e Marina ficaram em estado de choque. Marina finalmente conseguiu falar:

"Então agora vocês estão juntos?"

"Claro!"

Quem respondeu foi Camila, e não eu. Ela estava alegre, mas então percebeu a minha expressão e se corrigiu:

"Claro que não."

Fiquei na defensiva:

"Por que você tá dizendo isso?"

"Porque é a verdade, não é?"

Eu queria tanto poder dizer que não. Queria dizer que ele estava chegando em trinta minutos, louco para conhecer as minhas duas melhores amigas.

"Mais ou menos. Ele foi lá em casa, mas…"

"Com uma mala?"

A intenção de Marina era boa, mas eu era incapaz de mentir para elas:

"Não. Ele está em um hotel. Por enquanto, ele está em um hotel."

Camila ficou muito contrariada. Quando fica assim, ela não consegue disfarçar – nem tenta. Marina tentou conciliar:

"Mana, lembra do que conversamos? A gente só não quer ver você sofrer!"

"Mas eu não estou sofrendo! Olha eu aqui: felizona."

Abri os braços, alegre. Isso só deixou Camila mais puta:

"Feliz agora. Eu já vi esse filme. Esse cara é um idiota."

"Camila, o Tarso não é um idiota."

Comecei a elencar, contando nos dedos, os motivos que provavam que Tarso não era um idiota:

"Ele nunca disse que ia largar a esposa, ele nunca prometeu que íamos ficar juntos, ele nunca disse 'eu te amo'…"

Camila explodiu:

"É justamente essa a questão! Esse cara não quer nada contigo e tu fica aí, voltando pra essa relação de merda, acreditando que está feliz quando sabe muito bem que essa felicidade não vai durar nem três semanas até tu voltar a ficar miserável de novo. Ele não te ama. Por que tu tá dedicando teu tempo a uma pessoa que não te ama?"

Fiquei completamente chocada com a reação de Camila. Embora ela fosse mais durona do que Marina e já tivesse dado a entender que achava meu relacionamento um barco furado, a última vez que conversamos sobre isso eu entendi que ela respeitava a minha opinião, a minha opção.

"Eu não sabia que você pensava essas coisas. Nunca me disse, não com essas palavras."

"Agora eu estou dizendo. Por que, Clara? Por que tu continua insistindo nessa relação?"

Fiquei irritada:

"Porque o mundo não é perfeito! Nem sempre quem a gente ama nos ama, nem sempre o cara por quem a gente se apaixona se apaixona pela gente. Eu não sou você, Camila."

Ela respondeu rispidamente:

"Claramente! Eu nunca me submeteria a isso."

Fiquei em silêncio, as faces rosadas de vergonha. Marina tentou apaziguar:

"Eu acho que o Tarso é apaixonado pela Clara, sim."

Sem olhar para nenhuma das duas – ou eu começaria, de fato, a chorar –, respondi que, se ele fosse apaixonado por mim, ele diria. Tarso teve mil oportunidades para me dizer isso. Poderia ter falado em resposta às milhares de vezes que eu disse, que eu escrevi. Nunca aconteceu. Ele só diz "eu te adoro". Se não consegue dizer que está apaixonado por mim, então é porque não está. Seria tudo mais fácil se ele estivesse: eu me sentiria mais segura.

Ficamos em silêncio. Camila acendeu um cigarro, deu um trago, abanou a fumaça que se formou. Estava se acalmando para falar comigo. Dessa vez, soou como uma professora:

"Tu não acha problemático viver uma relação com um cara que, se a mulher perdoar, volta correndo para ela? Porque tá na cara que esse é o lance dele, por isso não te assumiu... mesmo agora, que se 'separou' da mulher, ele não te assumiu."

Eu não respondi. Camila colocou o cigarro no cinzeiro e puxou o telefone dela da bolsa. Enquanto digitava, disse:

"Eu estava relendo um texto que tu escreveu em uma das mil vezes que terminou com ele. Escuta o que tu mesma escreveu, olha quanta dor tem aqui."

"bater forte sem esperança contra a dureza da sua decisão, sem jeito maneira de explicar o bê-a-bá do caetano – um amor assim, delicado: você pega e despreza. afundar no sofá das amigas mergulhando a dor no gim e deixando secar ao sol, no outro dia. os lençóis ainda frescos do seu cheiro, o cinzeiro cheio, um não querer, a falta de apetite, os olhos úmidos e uma coisa aqui dentro que fecha e enjoa e deságua e pesa e faz mal e faz doer, mas se faz sentir é porque faz sentido. eu sei que passa, tudo passa, sou muito crescida, sei que passa, mas pensar que a gente não vai existir mais na vida um do outro também me machuca, me machuca com força, aperta o peito, seca a boca, já sinto sua falta. já sinto sua falta. já sinto sua falta. já sinto sua falta, o rosto colado no seu ainda ontem, saber que não dá mais, que nunca deu, que puxamos demais a corda, exageradamente felizes, impossivelmente felizes, horas antes tanto sexo, tanto sorriso, tanta delicadeza, tanto eu e você. tanto nós na gente, tanta verdade dentro de tanta mentira, mas ainda sim foi tudo real, não foi? agora pegar colo de mãe, deixar você sair dia após dia aqui de dentro até que vire uma lembrança vaga e um aceno de cabeça quando cruzarmos na osvaldo aranha. nunca mais comprar suas cervejas, sussurrar "te adoro" depois do orgasmo, segurar tua mão em cima da mesa de azulejos, te ajudar a se vestir pra partir, me despir nas dezenas, centenas, milhares de fotografias, nunca mais "cheese". amo você e preciso desamar, desamarrar minha vida da sua, desentrelaçar as pernas das suas, desarrumar tudo, fazer faxina nessa bagunça imensa dessa coisa que não era nada até que foi crescendo crescendo crescendo me absorvendo. o bê-a-bá do caê. tanto eu em tanto você. foi tudo verdade – por isso que dói tanto."

Eu estava chorando. Como podia uma pessoa te fazer tão bem e também te fazer tão mal?

"Tu sabe que ele vai voltar com ela, amiga. Esse cara é um acomodado, um aproveitador."

Não suportei que ela falasse mal de Tarso e explodi:

"Você nem conhece ele!"

Camila desistiu de falar com calma:

"E nem quero conhecer! Deus me livre conhecer esse bosta!"

Levantei em um salto:

"Eu não vou ficar aqui ouvindo isso."

Ela jogou os braços para cima:

"Não estou te segurando."

Marina interveio:

"Calma, gurias. Vamos conversar."

"Eu não tenho mais nada pra dizer pra Clara. Tá tudo dito. Se não sabe lidar, paciência."

"E eu não sei lidar com 'amiga' que não respeita as minhas decisões. Estou caindo fora."

Enquanto atravessava o portão do bar, ouvi Marina me chamar.

Caminhei toda a Lima e Silva chorando.

28

Foi tão rápido.

"Já assistiu o último filme do Almodóvar?"

"Não, tu quer assistir?"

"Sim, vou olhar os horários e te aviso."

Com apenas três mensagens trocadas, eu dava fim a uma resistência de meses.

Depois do episódio na banheira, consegui me acalmar. A frase de Denise, "olha o tamanho do fiasco que tu tá fazendo por um homem que não te ama", ecoou profundamente em mim. As meninas dormiram na minha casa – e lá permaneceram por três dias e três noites. Eu tomava café com elas antes de ir para clínica – trabalhar me ajudava a abstrair a situação – e, quando voltava no final da tarde, elas já estavam no meu apartamento preparando o jantar, escolhendo um filme, abrindo uma garrafa de vinho, acendendo incensos, relembrando histórias da nossa infância e adolescência. Enfim: sendo amigas. Conversamos muito nesses dias. Eu, envergonhada, pedi desculpas pelo meu comportamento agressivo naquela noite. Elas me disseram que entre nós três desculpas não são necessárias. Finalmente contei sobre o flerte com Fernando, sobre o beijo. Ficaram animadas por mim, disseram que talvez fosse uma ótima distração encontrá-lo:

"É um ótimo jeito de você ver que existem infinitas possibilidades de ser feliz."

Encorajada, marquei o encontro.

Fernando combinou que iria me buscar às sete da noite. Eu estava tão nervosa que pedi para sair da clínica antes, usando meu banco de horas, a fim de me preparar. Mas como eu deveria me preparar? Da última vez que saíra com alguém pela primeira vez, minhas preocupações haviam se resumido a estar com as pernas depiladas e o cabelo lavado. Hoje em dia não é mais tão simples. Existem coisas como lente de contato para a íris parecer maior, maquiagem iluminadora, calcinha absorvente e lipo HD.

"Por um acaso tu vai fazer uma lipo HD agora antes de ir pro Guion?", Denise debochou quando mandei uma mensagem no nosso grupo expondo as minhas angústias.

"Não, engraçadinha."

"Até porque uma lipo HD custa 50 mil reais."

Elaine argumentou, para o espanto de Denise:

"Tudo isso? As influenciadoras do Instagram estão ricas, então! Todo dia vejo uma anunciando que fez a cirurgia como se tivesse ido até a esquina comprar chiclete."

"É que elas ganham, amiga", Elaine explicou. "Elas ganham e então oferecem para as seguidoras um desconto na clínica desde que usem um cupom delas. Um desconto de, sei lá, um por cento. E fazem parecer que é um procedimento tão simples quanto ir até a esquina comprar chiclete."

Fiquei indignada:

"E não é! Que absurdo!"

Hesitei:

"Na verdade... eu não sei, exatamente, o que é uma lipo HD. Eu li por cima em uma revista e me pareceu uma coisa perigosa e invasiva que as mulheres fazem querendo ficar mais bonitas. O que é, afinal, uma lipo HD?"

"Uma coisa perigosa e invasiva que as mulheres fazem querendo ficar mais bonitas", elas escreveram ao mesmo tempo.

Enquanto eu enchia a banheira e escolhia uma roupa para sair, as meninas foram me tranquilizando com áudios carinhosos e frases de incentivo. Fazia poucos dias que Tarso tinha saído de casa, mas elas me disseram que quanto antes eu passasse a sair com outras pessoas, melhor. Também me falaram que eu só precisava ser eu mesma. Afinal, Fernando já havia me conhecido e se interessado por mim.

Coloquei um disco da Sade para ouvir enquanto tomava banho. Depois, passei creme hidratante em todo o corpo. Eu tinha ido ao salão dois dias antes para fazer as mãos, os pés e me depilar. Mandei fotos dos looks que pensei em vestir e as gurias escolheram uma calça social preta que vestia super bem e uma blusa de gola alta, também preta, que eu relutei um pouco em aprovar, argumentando que marcava demais o meu corpo:

"Ai, gurias… eu não estou muito velha para vestir roupa justa? Ainda mais com um menino de *dezoito anos*?"

"Se tu estivesse velha isso significaria que todas nós estamos velhas, já que nascemos no mesmo ano. Como eu a cada dia fico mais jovem, tu definitivamente não está velha. A velhice, aliás, é um conceito ultrapassado. O que é ser velho? Se podemos viver até os noventa anos, cem anos, tu realmente acha que uma pessoa de cinquenta anos é velha?"

Ela não me deixou responder:

"Não, né? Muito menos uma de quarenta, como nós três. E não existem coisas que tu 'não pode' fazer por causa da idade. Tudo é permitido."

"Exatamente. E o Fernando não é um 'menino de dezoito anos'. É um homem de quase trinta anos."

"Gato. Um homem de quase trinta anos gato! Para de bobagem, Clarissa! Eu vou te contar o que vai acontecer hoje: tu é uma mulher linda e inteligente que vai ver o último filme do Almodóvar com um homem de quase trinta anos gato e depois vai transar nas posições mais estrambólicas, dormir de conchinha com ele e esquecer aquele estrupício do teu ex-marido."

"Concordo com a Denise! E, amanhã pela manhã, após o brunch e a nova sessão de sexo, tu vai mandar um áudio… não, um áudio não, um podcast, bem detalhado, vai mandar um podcast aqui no grupo para matar a gente de inveja. Combinado?"

Mesmo rindo das mensagens, eu continuava nervosa, e assim permaneci quando Fernando avisou que estava chegando. Me despedi das meninas no grupo prometendo boletim completo assim que possível, desliguei o celular, fechei a porta de casa, atravessei o corredor e entrei no elevador. Ali, sozinha, eu me olhei no espelho e pensei:

"Clarissa, sua louca. Tu vai transar com outro homem hoje. Quando retornar para casa amanhã, vai se olhar nesse mesmo espelho e ver uma mulher que transou com outro homem depois de dez anos dormindo com o mesmo."

Aquilo me apavorou tanto que entrei no carro de Fernando sem graça, sem jeito. Falava pouco, tinha medo de dizer alguma bobagem e evitava olhar em seus olhos. Ele, por outro lado, estava animado, me chamava de linda, pegava na minha mão para beijá-la sempre que parávamos em um semáforo e, quando entrei no carro, me deu um selinho rápido como se já fôssemos namorados. Era tudo bastante confuso, uma intimidade súbita, atordoante. E ficou mais estranho quando, ao descermos no estacionamento da Olaria, ele estendeu com naturalidade a mão direita, procurando e então segurando a minha mão esquerda. Andar de mãos dadas com Fernando foi uma experiência extremamente íntima para mim. Talvez mais íntima até do que o beijo que havíamos dado semanas antes e o sexo que faríamos horas mais tarde. Andar com outro homem de mãos dadas em um lugar público me fez ter uma sensação definitiva de fim. Meu casamento realmente tinha acabado. Minha vida e a vida de Tarso eram, agora, independentes uma da outra.

Não nos pertencíamos mais.

Essa sensação de não pertencer mais a ninguém, de não fazer mais parte de um casal, me trouxe uma impressão de queda, uma coisa vertiginosa tanto no sentido de medo do novo quanto de excitação com esse mesmo novo. Um mergulho em algo desconhecido. Eu mal havia organizado os meus pensamentos quando me vi sentada em uma poltrona confortável no interior da sala escura do cinema. Fernando, usando um perfume agradável, as mãos macias, havia me conduzido pelo corredor estreito, na frente dele, até os nossos lugares. Antes do filme começar, ele segurou minha mão, o que fez durante toda a sessão. Aliás, não. Ele a soltou por um momento. A calefação não estava funcionando bem e ele tirou sua jaqueta para colocá-la sobre os meus ombros. Ao fazer isso, sorriu para mim no escuro, eu sorri de volta, grata, e trocamos um beijo longo. Ainda estavam passando os trailers. Quando o filme realmente começou, ele separou seu rosto do meu, arrumou o meu cabelo para trás da orelha com a mão direita e, ao baixá-la, tocou de leve com as pontas dos dedos o bico do meu seio. Foi muito rápido, tão rápido que eu não consegui distinguir se havia sido sem querer ou de propósito. Senti, mesmo assim, um arrepio no corpo. Um pouco por tesão, mas também um pouco por vergonha.

Eu deveria esperar que o homem com quem estivesse saindo me bolinasse no meio de uma sala de cinema? Isso não era meio… desrespeitoso? Ou seria pudico da minha parte me ofender? Fernando agiu como se nada tivesse acontecido. Sentou-se reto e virou a palma da mão esquerda para cima, me convidando para segurá-la. Assim permanecemos até o final do filme.

...

Demorei muito tempo – talvez tempo demais – para entender que tudo o que Fernando fizera naquela noite havia sido calculado. O jeito casual com que buscara a minha mão no estacionamento do cinema não era casual. Era uma forma de garantir que eu, recém solteira e traumatizada com o fim do meu relacionamento, me sentisse segura. O selinho assim que nos encontramos cumpria o mesmo expediente. Uma mulher que se sente segura com um homem provavelmente vai topar mais rápido transar com ele. A forma com que parecia despreocupado, leve e alegre no carro mesmo me vendo atrapalhada, nervosa e confusa, não havia sido uma tentativa de melhorar o meu astral. Fernando não perguntara como eu estava por um motivo muito simples: ele não queria saber. Perguntar como eu estava sequer havia lhe ocorrido. Meu humor não influenciaria o humor dele. Passei por muitas sessões de terapia para perceber que Fernando – tanto naquela noite em que me beijou quando eu ainda era casada, quanto em todas as mensagens que trocou comigo por WhatsApp quando eu me negava a sair com ele e mesmo no dia em que fomos ao cinema, jantamos e depois transamos – nunca me fez uma pergunta que fosse mais profunda. Na verdade, acho que nunca perguntou nada além de "o que tu quer comer?" ou um educado "tudo bem?". Ele não quis saber minha opinião sobre o filme que vimos ou o sabor da comida que comemos, se o vinho que escolhera para nós no restaurante tinha agradado o meu paladar. Ele não perguntou por que o meu casamento havia acabado e como eu estava lidando com isso. Nossa conversa sobre cinema era agradável, sim, mas isso porque, por sorte, ele gostava dos mesmos diretores que eu e podíamos passar horas falando sobre seus filmes. No entanto, depois percebi que nunca era sobre a minha percepção. Minha opinião. Ele vomitava fatos, datas, curiosidades, falava sobre como tinha sido a primeira vez que assistiu isso ou aquilo, mas em nenhum momento me perguntava como essas experiências haviam acontecido comigo

E o toque "sem querer" no bico do meu seio, é claro, não foi um acidente.

Compreender que Fernando era assim e teria se comportado assim com qualquer mulher me ajudou muito. Por bastante tempo, acreditei que o meu jeito, a minha aparência, a minha situação – recém separada – haviam influenciado seu comportamento. Pensei isso porque, depois dessa noite, Fernando nunca mais me procurou. Foi bastante cruel. Ainda tenho um pouco de vergonha de contar essa história. Quando transamos a primeira vez, seu corpo tombando por cima do meu em um espasmo, eu com vontade de chorar – não porque havia sido ruim, pelo contrário, mas porque estava realmente muito confusa –, ele me disse:

"Estou apaixonado por ti."

Ele disse isso para mim, andou com a mão entrelaçada na minha, me chamou de "namorada" para o garçom do restaurante a que fomos após a sessão, ele fez todas essas coisas, deu todos esses sinais, e então sumiu. Simplesmente desapareceu.

Foi desesperador. Foi humilhante.

Eu havia acabado de ser abandonada pelo meu marido de dez anos e o primeiro homem com quem eu saio me trata dessa forma. É claro que pensei que o problema era comigo. Descobri, quando comecei a fazer terapia e quando escutei outras mulheres – não apenas Denise e Elaine, mas outras amigas e também mulheres que fui lendo em blogs e assistindo em canais do YouTube –, que existem homens que simplesmente são assim. "Irresponsabilidade emocional" é o nome. Simplesmente o cara não liga que tu vá te sentir mal, te sentir confusa. Ele fala o que quer sem levar em consideração os teus sentimentos. Então vai embora e faz a mesma coisa com outra mulher. E assim sucessivamente.

Ele simplesmente não se importa.

Claro que Fernando era um idiota. Um canastrão. Um canalha. Um Don Juan que ainda ia se foder quando encontrasse uma mulher que lhe mandasse ver se ela estava na esquina quando ele, de fato, se apaixonasse. Mas, naquele momento, eu não sabia de nada disso. Naquela noite, ele não era um babaca.

Naquela noite eu estava tendo um encontro perfeito com um homem de quase trinta anos. Um homem de quase trinta anos gato.

29

Camila, como sempre, tinha razão. Por isso doía tanto. Se tivesse chance, com certeza Tarso voltaria com a mulher. Ele jamais teria me contado que Clarissa viu minha fotografia e minha mensagem. Então, agora que eu já sabia o que havia ocorrido, ele teria que traçar outro plano: convencer a mulher a reatar. Não era impossível. Então ele me diria, como sempre, que o que tinha pra me dar era apenas esse pedaço da vida dele, essa condição.

Continuar como amante depois de chegar tão perto de ver Tarso livre não era uma opção. Eu não suportaria. Por isso, pensei em uma solução.

Quando Tarso e eu nos conhecemos, ficamos surpresos ao saber que morávamos no mesmo bairro, pois nunca havíamos nos encontrado antes. Eu expliquei em que altura da Fernandes Vieira ficava o meu prédio. Ele me falou que sua mulher havia herdado um apartamento na Rua Santo Antônio, onde ambos moravam, e contou onde ficava. Desde então, toda a vez que eu passava na frente do endereço, imaginava se não ia encontrar Clarissa saindo ou entrando em casa. Eu sabia como era a aparência dela, pois claro que eu já havia acessado a sua página no Facebook, mesmo que ali não houvesse muito para ver. O seu perfil era fechado e, por isso, eu só havia visto duas fotografias dela, as únicas abertas para quem não era seu amigo. Em uma ela usava óculos escuros, seus cabelos castanhos estavam soltos e ela sorria para a câmera. Tinha dentes muito brancos. Na outra, essa de corpo inteiro, ela estava abraçada em duas outras mulheres, uma alta e outra baixinha, na beira da praia. Usava um short jeans e a parte de cima de um biquíni de amarrar azul estampado com cerejas. Ela não tinha barriga, seus seios pareciam firmes. Era uma mulher bonita.

Eu sabia o que precisava fazer. Havia uma forma de garantir que Clarissa jamais perdoasse Tarso.

O prédio na Rua Santo Antônio tinha portaria. Eu diria para o porteiro que estava indo visitar Clarissa – Clarissa Alencastro é o nome dela. O funcionário diria:

"Claro, a senhorita sabe qual o apartamento?"

E eu fingiria ser uma amiga distraída, levando a mão na testa e exclamando:

"Eu sempre esqueço!"

Ele então indicaria amavelmente, levantando para abrir a porta do elevador. Sozinha no minúsculo espaço, eu apertaria, trêmula, o botão com o número do andar indicado. Alguns segundos depois, estaria no corredor, que atravessaria num transe, mas obstinada. Apertaria a campainha. Ouviria uma música vinda do apartamento. Dinah Washington? Logo, escutaria os passos de Clarissa no parquet.

"Já vai!"

Ela abriria a porta. A gente se olharia por um instante. Então ela diria um "oi" confuso, pois não me reconheceria – na fotografia fatídica que mandei para Tarso, meu rosto não aparece. E eu diria algo que tornaria impossível, para ela, perdoar o marido. Diria algo que tornaria impossível, para ela, continuar casada. Diria algo que tornaria a separação irreversível:

"Eu tirei um filho do seu marido."

30

Passei o primeiro dia após meu encontro com Fernando caminhando nas nuvens. Depois que dormimos juntos no apartamento dele na Giordano – um dois quartos antigo com um banheiro amplo que me pareceu estranhamente familiar –, acordamos cedinho de manhã. Ele perguntou se eu queria tomar café, eu disse que sim, então ele me beijou suavemente e disse:

"Volta a dormir, vou preparar tudo e te chamo."

Eu não voltei a dormir. Estava eufórica demais. Assim que ele saiu do quarto, busquei minha bolsa no chão, apanhei o celular, liguei-o novamente e mandei mensagem para as meninas:

"Estou no apartamento do Fernando, sexo delicioso, ele está fazendo café da manhã neste exato momento. Câmbio, desligo. PS: ontem ele me chamou de namorada e disse que está apaixonado por mim!"

Alguns segundos depois, ambas já escreviam seus comentários. Elaine enviou diversos emojis apaixonados e recomendou que eu largasse o celular e fosse colocar as mãos no rapaz. Já Denise me decepcionou um pouco, escrevendo apenas "vai com calma, amiga". Eu estava indo com calma! Quem falou em namoro e paixão foi ele.

Quando escutei passos no corredor, enfiei o celular embaixo do travesseiro e fingi dormir. Fernando sentou ao meu lado, passou as mãos nas minhas costas, arrumou meu cabelo de forma a descobrir o meu rosto, me deu um beijo delicado na boca e pediu: "Acorda, bela adormecida". Abri os olhos, feliz. Coloquei uma camisa dele e caminhei abraçada em seu corpo até a sala.

Ele havia posto uma mesa completa: torradas, manteiga, geleia de uva, doce de leite, mamão – já cortadinho –, suco de laranja e um bule de café recém-passado. Conversamos um pouco, pois ele tinha que estar pronto para trabalhar às dez horas e não podia se atrasar. Embora fosse sábado, tinha filmagem de uma propaganda. Ele não me perguntou o que eu ia fazer mais tarde, mas comentou que trabalharia o final de semana todo. Entendi como um recado: "Não vamos nos ver até segunda, mas porque estarei trabalhando". Às vezes a gente escuta o que quer escutar.

Quando cheguei em casa, não troquei de roupa nem tomei banho. Em vez disso, deitei na cama e fiquei um par de horas apenas relembrando tudo o que havia acontecido. A sensação estranha e boa de andar de mãos dadas com ele no Guion. A forma como me chamara de namorada para o garçom – "a minha namorada vai brigar comigo se esse vinho for ruim. Não me deixa mal com ela, chefe". A sensação do seu corpo no meu depois de tanto tempo sem ter outro homem. Depois de tanto tempo, aliás, sem transar com ninguém. Quando ele entrou em mim, senti um desconforto que logo foi se dissipando para dar lugar ao prazer. Quando ele gozou, eu senti muita vontade de chorar, mas as gurias tinham me dito que essa era a regra de ouro da mulher solteira – não chore no primeiro encontro! – e eu freei o impulso. Naquele dia, ter aquele homem tão lindo e carinhoso preparando o café da manhã para mim me fez muito feliz. Eu nem lembrava a última vez que Tarso fizera algo semelhante.

Quando finalmente saí do meu transe pós-encontro, levantei da cama, tomei um bom banho e estava cantarolando "*What a difference a day makes*" enquanto lavava a louça, quando a campainha tocou. Meu primeiro pensamento, absurdo, foi "é o Fernando". Ele não sabia o número do meu apartamento e, além do mais, estava no set desde às dez horas. Era impossível, então, que aparecesse na minha porta naquele momento.

No entanto, às vezes a gente acredita no que quer acreditar – mesmo que seja algo impossível.

31

Tinha subido meia Rua Santo Antônio quando, instintivamente, dei a volta e comecei a descer. Meu coração se descompassou, um aperto no estômago me fez pensar que ia vomitar, mas não era isso. Era choro represado. Chorei o caminho inteiro. Chorei o aborto. Chorei meu comportamento mesquinho. Chorei esse amor insuportável, impossível, maltratado. Chorei meu coração arrebentado. Chorei por estar tão estupidamente apaixonada por esse homem que quase adentrei a casa e a vida de uma outra mulher com a intenção de arrancar um pedaço dela, humilhá-la, deixá-la cair em um desespero semelhante ou pior que o meu. Reduzi-la a pó para tentar transformar minha quase relação em uma relação completa. Uma canalha. Uma chantagista, era isso que eu era. Uma mulher implorando o amor de um homem que não a ama. Uma mulher disposta a buscar mais do que outras mulheres apaixonadas: não os búzios, os santos, o tarot, as mandingas, simpatias, rezas, preces, velas, mentiras, amuletos, não. Uma mulher disposta a ferir outra mulher, com força. Fazê-la sangrar. Deixá-la sangrando.

O fim de um amor moribundo abrindo o caminho de outro, que não se percebe natimorto. Que belo começo.

Usar minha dor para machucá-la.

Tomar veneno para fazê-la morrer.

Dei meia volta, creio que metade do caminho fiz correndo, não lembro. Tudo era confuso. Senti medo. Medo de estar me tornando uma pessoa de quem não gosto. Minha mente virou um jorro de palavras, um monólogo infinito e repetitivo. Uma confissão:

Clarissa, Clarissa. Eu me apaixonei pelo seu homem, sim, mas ele não me ama. Tenho inveja de você. Eu queria ser você, Clarissa. Eu queria ser alguma coisa que ele pudesse amar, que ele necessitasse. Eu queria que ele dormisse comigo todas as noites e que segurasse a minha mão enquanto caminhamos pelo Bom Fim. Eu queria que ele conhecesse meu pai e confundisse seus livros com os meus na nossa estante. Eu queria que ele chegasse na minha casa, na nossa casa, trazendo cervejas e notícias frescas do jornal. Eu queria que ele me perguntasse se quero ir ao cinema ou à Bienal do Mercosul e que pudéssemos passear abraçados por toda a cidade. Eu queria que tirássemos férias juntos em uma casinha no Siriú. E queria passar as manhãs de sábado com a camisa dele, escrevendo enquanto escuto um disco que ele coloca e sinto o cheiro do café que ele passa, porque nunca mais ficaria sozinha. Seríamos sempre nós dois. Eu amo Tarso, Clarissa. Eu amo Tarso como nunca amei ninguém. Você não sabe disso? Não desconfia? Você ainda o ama? Eu sei que não. Sinto que não. Ou você já teria me procurado, me achado, me caçado, me insultado. Eu mereço, Clarissa. Eu sei. Eu fiz tudo errado. Está tudo errado e turvo e bagunçado.

Quase fui atropelada ao atravessar a João Pessoa.

Estou atordoada, Clarissa. Você já se sentiu assim? Você já se apaixonou? Às vezes acho que ninguém se apaixonou como eu me apaixonei por Tarso. Quando você se apaixonou por ele também foi desse jeito? Ficou burra como eu? Inconsequente, má, cruel como eu? Seria um feitiço dele? Clarissa, eu não queria. Apenas aconteceu. Você pode me odiar, você deve me odiar. Eu me odiaria – às vezes acho que me odeio. Você me perdoa, Clarissa?

Apertei o interfone do prédio na Rua Sofia Veloso. Quando disse "é a Clara", o aparelho apitou. Empurrei o portão, fraca. Empurrei a porta do prédio, meus olhos cinzentos, parecia um passarinho ferido. Alfredo esperava na porta. Não fez nenhum comentário, só apontou para o andar de cima. Subi as escadas com o coração aos trancos, tropeçando. Camila estava deitada, virada de costas para mim. Dormia. Eu tirei meus sapatos e me deitei ao lado dela, tentando não fazer barulho. Mesmo assim, ela despertou. Virou-se preguiçosamente para o lado em que eu estava, imaginando que iria encontrar o marido. Ao me ver, primeiro ficou surpresa. Depois, percebeu que eu tinha chorado. Então comprimiu os lábios em uma expressão de dor. Seus olhos, imediatamente, se encheram de lágrimas.

Camila é esse tipo de amiga: alguém que te sente como um segundo coração batendo fora do peito.

Por muito tempo, não dissemos nada. E então:

"Eu quase fiz uma coisa horrível."

"Está tudo bem."

"Não quer saber o que foi?"

"Tu não fez – e é isso que importa."

"Eu sou uma pessoa horrível, Camila."

"Tu não é. Tu não é uma pessoa horrível. Tu só está apaixonada."

Conversamos por muito tempo deitadas na cama. Quando anoiteceu, resolvemos sair para jantar. Nos arrumamos, calçamos nossos sapatos e, antes de descermos, nos abraçamos. Ela disse, carinhosa:

"Tudo bem se tu quer ficar com esse merda. Eu respeito as tuas decisões idiotas."

Eu ri e respondi:

"Você é a pessoa mais grosseira que eu já conheci, amiga. Te amo."

Alfredo, que tinha entrado no quarto a tempo de ouvir nossas últimas frases, abraçou nós duas, deu um beijo no topo de nossas cabeças e disse, rindo:

"Esse diálogo de vocês… que dupla de malucas!"

Eu sei, Alfredo. Mas a amizade é o melhor tipo de amor que existe – e o amor não é uma coisa meio maluca?

32

"Perdeu suas chaves?"

Ele pareceu surpreso com a pergunta:

"Não. Eu... eu só achei que não era adequado usar as chaves."

Gargalhei alto antes de dizer, ironicamente:

"Isso tu não achou adequado. Ter uma amante, por outro lado, não tinha problema nenhum. Era adequadíssimo!"

Me virei de costas e caminhei até a cozinha para terminar de lavar a louça. Tarso veio atrás e ouvi quando ele puxou uma cadeira e se sentou em frente à mesa. Ficamos ambos em silêncio, apenas ouvindo o som da água correndo e das minhas mãos esfregando copos, pratos e talheres. De repente, ele falou:

"Tu tá muito bonita."

Desliguei a torneira e me virei na direção dele. Não estava com raiva. Estava apenas cansada:

"Eu sempre fui bonita, Tarso. Tu que esqueceu de ver, de falar, de elogiar."

Enchi a jarra da cafeteira com água filtrada e perguntei:

"Quer um café? A gente precisa conversar."

Nesse momento, percebi que o rosto do meu marido se alterou. Se antes estava surpreso ao me encontrar cantando, agora parecia confortável, como se as coisas tivessem voltado a funcionar da forma como ele desejava. Provavelmente achava que eu queria acertar os termos para que ele voltasse para casa. Resolvi deixar claro que a proposta de paz não era para retornarmos, mas sim para mantermos alguma elegância:

"Hoje não teremos nova cerimônia de lançamento de vasos de flores. Pode ficar tranquilo. Um casamento tão morno como o nosso não faz jus a esse tipo de cena apaixonada."

Tarso mudou completamente de expressão. Ele queria que eu arremessasse vasos de flores, berrasse, ameaçasse me jogar pela janela, chorasse desesperada. Ele queria o número todo. Se achava digno do número todo.

"O que foi? Prefere que eu rasgue a tua camisa? Ou não está acreditando que realmente estou passando um café para que a gente possa conversar como adultos?"

"Estou achando que tu vai passar esse café e depois vai jogar ele, quente, na minha cara", ele brincou, mas estava sem graça.

"Ou talvez eu te sirva um café envenenado" eu disse, dramaticamente. Nós rimos. Isso. Isso, sim, me deixou triste. Fazia quanto tempo que nós não ríamos juntos?

Preparei a cafeteira e me sentei na frente dele. Disse, calmamente:

"O que tu quer?"

"Desculpe?"

"O que tu quer, o que está fazendo aqui?"

"Essa é a minha casa, a nossa casa, eu…"

Interrompi ele, mas não de forma agressiva. Estava estranhamente tranquila:

"Não existe mais 'nós', Tarso. Não existe mais 'nossa casa'."

"Clarissa, um casamento não termina assim, de uma hora para a outra."

Minha voz se alterou um pouco quando eu o cortei:

"Nosso casamento não terminou de uma hora para a outra. O nosso casamento vem terminando há semanas, meses, anos. Está agonizando. Não sei por que nós arrastamos ele até aqui. Tu não me ama, Tarso. Essa menina, essa mulher, só evidenciou isso, mas tu já não me amava mais fazia muito tempo."

Um silêncio desconfortável. Com isso, eu estava acostumada. Mais da metade do nosso casamento foi feito de silêncios desconfortáveis. Respirei fundo antes de dizer, sentindo uma corrente de adrenalina correr forte pelo meu corpo:

"E eu também não te amo mais."

A corrente elétrica passou do meu corpo para o corpo dele. E o Tarso levou um choque:

"Até uns dias tu disse que me amava, que eu era o amor da tua vida, que nunca amou ninguém como me ama!"

Fiquei envergonhada com essa lembrança:

"Eu estava nervosa."

Ele ficou ofendido:

"Tu mentiu que me amava?"

Comecei a rir:

"E daí, Tarso? Quer me cobrar honestidade? Tu?"

Ele abriu a boca para falar, mas não disse nada. O café ficou pronto. Eu me levantei, peguei as xícaras, o bule e coloquei na mesa. Nenhum de nós usava açúcar. Por um momento, me distraí. Pensei se Fernando adoçaria seu café.

"O que tu quer? Por que veio aqui?"

Ele não respondeu de imediato. Ficou girando a xícara nas mãos, olhando para baixo. Então me encarou e disse, incomodado:

"Tu tá tão fria."

Aquilo me irritou profundamente e respondi com raiva, quase gritando:

"Tarso, tu me trai, me expõe, nunca sequer tenta me contar o que está acontecendo, ignora os meus sentimentos, ignora como vou me sentir se isso vier à tona. Aí eu descubro da pior forma possível, vendo uma foto dessa mulher pelada na merda do teu celular, te confronto e tu não apenas não me pede desculpas como, ainda por cima, me manda cuidar da… como foi mesmo que disse? Ah, sim: cuidar da porra da minha vida. Pois bem, estou cuidando da porra da minha vida. Desculpa se pareço fria enquanto faço isso."

Bati na mesa com força e me levantei. Tive medo de começar a chorar e não queria que ele visse, mesmo sendo lágrimas de raiva. Fiquei de costas, apoiada na pia.

Tarso então fez uma coisa surpreendente: chorou. Não chorou aos berros, não fez uma cena, mas chorou. Disse que tinha sido um idiota. Disse que eu nunca tinha dado motivo nenhum para ele me tratar daquela forma. Disse que não queria me magoar, mas que era um egoísta. Não tinha pensado nos meus sentimentos, apenas na vontade dele, apenas no que ele queria. Disse que foi covarde e não conseguiu se desvencilhar dessa relação com a garota, que no início pensava sempre "essa é a última vez", mas depois havia uma outra vez e uma outra vez. Ele sabia que era errado, é claro, mas não tinha força de vontade suficiente para deixar de encontrá-la embora não fosse, me assegurou, apaixonado por ela.

"É uma relação fácil, Clarissa. Sem o peso dos boletos, das cobranças, das famílias. É uma relação fácil porque é uma ilusão. Eu sou um velho idiota, devo ter tido uma crise de meia-idade. Ela é uma boa menina, mas muito ingênua. Está apaixonada por mim, diz isso constantemente. Sofre. Tem inveja de ti."

Senti meu coração afundar por pensar na relação que ele tinha com C., tão diferente da nossa. Senti meu coração afundar por tudo o que tínhamos sido um na vida do outro, todo o amor compartilhado, senti uma tristeza e uma mágoa profundas pelo que havíamos nos tornado. Éramos dois estranhos morando juntos. Senti meu coração afundar porque não havia nenhum fundamento na inveja que a moça sentia de mim. Não havia nada admirável no nosso relacionamento. Não apenas pela ausência de sexo, mas porque não havia companheirismo, parceria, afeto.

"Eu não quero sair de casa, Clarissa."

Era isso que eu queria ter ouvido há uns dias. Se ele tivesse dito isso antes, eu teria explodido de felicidade. O tempo é um dos deuses mais lindos. Eu tinha usado esses dias para refletir sobre o nosso relacionamento. Quando eu pensava "do que vou sentir saudades?", não havia nada. Para ser justa, eu pensava que sentiria falta de ter um companheiro. Mas esse companheiro não precisava ser o Tarso. Acho que esse tempo de reflexão, aliado ao fato de ter uma noite com um homem lindo que estava supostamente apaixonado por mim, me deu forças para ver as coisas com clareza. Não havia mais lágrima nenhuma – nem de tristeza e nem de raiva – ameaçando desaguar quando virei novamente para Tarso e disse, com tranquilidade:

"Eu não posso perdoar o que tu me fez, Tarso. Não só porque não seria justo comigo, mas porque não existe mais um amor aqui, entre nós, que justifique esse sacrifício. Tu me humilhou. Me expôs. Não é apenas por ter dormido com outra pessoa, eu poderia perdoar se tivesse sido algo pontual, mas tu tem uma história com essa mulher. Eu sinto que não te conheço mais. Eu não consigo entender como conseguiu passar todo esse tempo escondendo isso de mim. Dormindo do meu lado depois de ir pra cama com ela. É repugnante. E eu sei que vou passar por diversas fases ainda, sei que ainda vou sentir muita raiva de ti, mas hoje eu não quero perder meu tempo brigando por uma relação que nem existe mais."

Não me lembro por quanto tempo ficamos em silêncio. Finalmente, eu disse:

"Temos questões práticas a resolver. Portanto, vamos a elas."

Tarso ainda insistiu um pouco. Ele não dizia "não quero me separar de ti", mas sim "não quero sair de casa". Na época, eu não percebi que eram coisas completamente diferentes. Hoje é muito claro que ele não queria se mudar. Ele não queria se incomodar. Ficar ou não comigo lhe era indiferente. Queria continuar morando – sem pagar aluguel – em um ótimo apartamento no Bom Fim. Terrível, mas essa era a pessoa que ele era. Se eu topasse esse retorno, as coisas voltariam a ser exatamente como eram antes: ele continuaria vendo C. (ou outra idiota que caísse no seu papo) e seguiria me enganando, talvez com um pouco mais de cuidado, mas sem nenhum arrependimento.

Tarso não via as outras pessoas. Simplesmente não via. Só conseguia enxergar a si mesmo. Tudo o que ele fez em sua vida foi nesta direção: os amigos que tinha eram pessoas que o ajudavam profissionalmente, as namoradas que tivera antes de mim sempre o ajudaram financeiramente, fosse literalmente lhe dando dinheiro na mão, fosse deixando que ele morasse em seus apartamentos quitados/herdados. É muito engraçado que edite um jornal de esquerda, escrevendo editoriais apaixonados sobre o coletivo, dar as mãos etc. Logo ele, que nunca deu a mão para ninguém.

Hoje é muito claro – e até cômico – perceber que não apenas Tarso dizia "não quero sair de casa" em vez de "não quero me separar de ti", como lembrar que o único argumento que o fez parar de insistir foi o que atingiu o seu ego:

"Eu já estou com outra pessoa."

Ele não esperava por isso nem em mil anos. Confesso que senti prazer em ver a sua cara de bobo – especialmente quando contei a idade do meu "namorado". Tarso ficou boquiaberto. Falei de uma forma supostamente despreocupada:

"É um cara bonito, bacana, de quase trinta anos, muito carinhoso e inteligente – aliás, gosta muito do teu jornal. Passou meses atrás de mim e, quando fiquei solteira, resolvi dar uma chance."

Tarso engoliu em seco. Eu sorri por dentro – acho que merecia um pouco de vingança infantil em uma noite em que fui tão adulta.

Evidente que eu ainda não sabia que faria o maior papel de trouxa nessa história. Alguns minutos depois que ele foi embora, mandei uma mensagem para Fernando. Estava ansiosa para contar o que tinha acontecido. Ele não respondeu. Um dia depois, ainda não havia resposta. Pensei que era normal por conta das filmagens no final de semana – afinal, ele havia me dito que não estaria disponível. No entanto, quando ele seguiu me dando tratamento de silêncio no decorrer da semana, fiquei desesperada e mandei mensagens para as meninas. O que diabos estava acontecendo?

...

"Em inglês isto é chamado de *ghosting*, palavra derivada de *ghost* (fantasma). O termo vem ganhando popularidade nos últimos anos e foi eleito como uma das palavras de 2015 pelo dicionário britânico *Collins*. Encerrar um relacionamento da noite para o dia, cortando todo tipo de comunicação, não é novo. Mas alguns especialistas afirmam que as novas tecnologias tornaram esta prática mais comum."

Fiquei olhando para a cara de Denise, atônita:

"Por que tu tá falando comigo como se estivesse na bancada do *Jornal Nacional*?"

"Porque eu estou lendo uma matéria da BBC que salvei pra te mostrar depois que nos contou, no grupo, como o Fernando estava se comportando."

Elaine ressurge equilibrando três copos de cerveja nas mãos. Estamos no Bar do Paulista, faz um lindo domingo de sol – chegamos cedo para garantir nosso lugar perto da roda de samba – e, aparentemente, terei uma aula para aprender como os homens refinaram seus métodos de tortura sentimental durante os dez anos em que estive casada.

"Eu não entendo… achei que a gente tinha tido uma ligação. Vocês viram nós dois juntos no Ossip. A conversa fluiu. Quando transamos também foi incrível. E ele passava o tempo inteiro me procurando, mandando mensagem…"

Elaine acende um cigarro:

"Olha, sobre o sexo eu já falei que tu pode ter achado incrível só por não transar com outra pessoa tem uma década. Aposto que esse idiota nem é tudo isso. Já sobre a situação como um todo, *ghosting* é assim mesmo. Não tem muita explicação. Eles simplesmente somem, mesmo que não faça sentido."

Suspirei:

"Eu achei que tinha uma coisa real ali. Verdadeira."

"Eu sei, amor."

"Será que eu estou tão carente que inventei uma ligação que não existia?"

As minhas duas amigas se apressaram em dizer "não" em coro, sacudindo a cabeça com força. Denise falou de forma firme – na verdade foi um pouco esquisito, parecia que ela queria me explicar uma conspiração que apenas eu desconhecia:

"Tu não inventou nenhuma maluquice. É isso que eles querem que a gente pense."

Ela então falou pausadamente:

"Eles querem que a gente pense que enlouqueceu."

Elaine soprou a fumaça do cigarro e complementou:

"Exatamente. Isso é *gaslighting*."

Obviamente, não entendi nada:

"Não era *ghosting*?"

"Sim, o que ele fez contigo é *ghosting*. O hábito de tentar fazer acreditarmos que estamos loucas é que se chama *gaslighting*."

Elaine se empertigou, muito pomposa:

"O termo tem origem em uma peça que depois virou um filme com a Ingrid Bergman."

"Isso, dirigido pelo George Cukor." Denise, que andava estudando relações do cinema clássico de Hollywood com a filosofia, contribuiu. No entanto, Elaine ficou na dúvida:

"Esse filme não é do Victor Fleming?"

"Claro que não. É do George Cukor."

"Eu acho que é do Victor Fleming..."

Denise, irônica:

"E eu acho que tu tá sendo louca de discutir isso comigo, querendo explicar o que eu, obviamente, sei melhor do que vocês duas juntas."

Fiquei um pouco magoada com Denise por ter me incluído no pacote. Eu estava quieta! Elaine ficou levemente irritada:

"E tu acha legal dizer que eu estou ficando louca enquanto explicamos o conceito de *gaslighting* para a Clarissa? Acha legal me chamar de louca enquanto estamos falando sobre homens dizerem constantemente que somos loucas?"

"Eu não sou um homem, Elaine, caso tu não tenha reparado..."

Então o rosto de Denise se iluminou e ela disse, desafiadora:

"De qualquer forma, não posso ignorar o que tu, questionando se o filme era ou não era do Cukor, fez comigo, uma doutoranda que pesquisa justamente o cinema desses caras."

Eu, cada vez mais confusa, observei surpresa a reação de Elaine, que se levantou abruptamente e disse, indignada:

"Eu não fiz *mansplaining* contigo! Eu não fiz *mansplaining* contigo! Para fazer *mansplaining* precisa ser um *man* e eu sou uma *woman*!"

Resolvi intervir:

"Ô, *woman*, senta aí. Vocês estão parecendo duas louc... digo, duas desequilibradas. Deixa ver se entendi: *ghosting* é quando o cara dá no pé porque não tem coragem de dizer que não quer continuar ficando com a mulher; *gaslighting* é quando ele tenta nos convencer que estamos imaginando coisas, e o termo tem origem em uma peça que depois virou aquele filme muito bom do George Cukor."

Enfatizo o nome do diretor enquanto troco um olhar com Denise:

"E *mansplaining*... *mansplaining* é uma coisa que só os homens podem fazer e que tem alguma relação com..", arrisquei, "Cinema?"

Elas gargalharam.

Eu havia entendido os dois primeiros conceitos direitinho, mas *mansplaining* era o nome dado ao hábito que os homens têm de explicar tudo para as mulheres – especialmente o que elas já sabem. Por isso Denise tinha acentuado esse aspecto quando Elaine fez o questionamento Cukor/Fleming. As meninas também me explicaram outros termos nesse dia – *manterrupting, negging, double standard* etc. Claro que eu já conhecia esses comportamentos, mas não sabia que eles tinham nome – e achei esquisito serem todos em inglês.

Quando a roda de samba iniciou, estávamos um pouco embaladas pela quantidade de cerveja que havíamos bebido e já não conversávamos tanto quanto antes, preferindo nos embalar ao som do pandeiro e do surdo – de qualquer forma, não conseguiríamos nos escutar. O bar ficou lotado assim que a banda começou a tocar, com a multidão se esparramando pelas portas até a calçada e mesmo pelos paralelepípedos da General Salustiano e da Riachuelo.

Embora estivesse me divertindo, era inevitável consultar o celular de vez em quando, na esperança de encontrar uma mensagem ou chamada não atendida de Fernando. Sim, eu havia entendido que ele tinha sido um idiota, um panaca. Mesmo assim, ainda queria que esse idiota panaca me procurasse. Será que já haviam criado um termo que explicasse o conceito de mulher iludida que insiste no homem errado?

Dessa vez, poderia ser em português: Clarissar.

33

Quando volto do banheiro, Marina ainda está tentando chamar a atenção do cara que toca surdo. Ele certamente retribuiria os olhares dela se conseguisse enxergá-la, mas o problema é que a distância entre a nossa mesa e o pequeno palco do Boteko do Caninha tornava a missão quase impossível:

"Não desistiu ainda, amiga?"

"Não sou mulher de desistir!"

Ela faz pouco, mas depois se queixa, em uma alusão à música "Mande um sinal".

"Já mandei tanto sinal que estou parecendo um semáforo!"

Camila retorna do balcão do bar com um novo balde de cerveja. No Caninha, o balde de cerveja é um balde mesmo, desses de faxina.

"A moça colocou mais gelo pra gente."

"O pessoal do bar nos adora!"

"Adora a quantidade de cerveja que a gente bebe, isso sim", ela ironizou. "Escuta, Marina, o próximo balde é teu porque a Clara pediu também os pastéis quando a gente…"

Camila percebe que Marina nem lhe dá as horas e olha pra mim, como que indagando "por que estou sendo ignorada?". Faço uma mímica de bater tambor. Camila ri:

"Marina, você ainda está tentando flertar com o cara do surdo? Ele está a cem quilômetros de distância, é impossível!"

"Impossível é meu nome do meio! Marina Impossível Vaz, minha filha!"

Nossa amiga então cantou alto, junto com a banda, na intenção que o músico a ouvisse:

"Dá um alô, dá uma chance pro amor, pois eu não tô legal!"

Enquanto Marina mandava *muitos* sinais, Camila serviu nossos copos e perguntou:

"E aí, bonitona?"

Nós havíamos chegado relativamente tarde no Caninha. Aos sábados, o ideal é marcar presença o mais cedo possível para garantir uma mesa. A primeira banda – tocam, normalmente, três bandas – começa às três da tarde. As duas primeiras resgatam sambas de raiz e pagodes dos anos 90 e a última é mais moderninha. Eu e as gurias não conhecemos muitos pagodes lançados neste século – com exceção da maravilhosa música já citada "Mande um sinal" – e costumamos ir embora quando o terceiro round começa, até porque o bar se torna intransitável. É um mar de gente, incluindo casais que dançam puladinho, passo cruzado. Não passa um alfinete entre as mesas e a música é tão alta que se torna impossível conversar. Prefiro chegar cedo e curtir os shows sentada bebendo cerveja. Como nos encontramos no Boteko quando já passava das cinco da tarde, a única mesa disponível era a do fundo, longe do bar, dos banheiros, da banda e do alvo de Marina. Mesmo distante dos músicos, o som ecoava no Caninha e, para ser ouvida, era preciso ficar pertinho da pessoa com quem você conversava. Cheguei com a cadeira mais perto de Camila:

"Tudo tranquilo! Eu comecei a escrever um livro novo."

"Que maravilha! É sobre o quê?"

Fiz um gesto com o dedo indicador dando voltas no ar: "Sobre isso."

Apontei pra ela:

"Sobre você."

Então virei o polegar na minha direção:

"Eu."

Meu queixo apontando pra Marina:

"Ela."

Diante do olhar curioso da minha amiga, desenvolvi:

"Eu queria escrever um livro sobre como o amor romântico aprisiona as pessoas, sabe? As mulheres, principalmente. Como ele pode ser uma armadilha, uma névoa que embaça tudo na nossa frente, mesmo que a gente se julgue muito esperta."

Camila assentiu:

"É, quando a gente se apaixona não tem muito o que fazer."

"Justamente! Só que eu comecei a escrever ele com essa ideia na cabeça e acabei desenvolvendo outra coisa… sabe aquele papo de que às vezes a história vai tomando um rumo que o autor não esperava?"

"Estou ligada, já li várias entrevistas em que o autor, a autora comenta isso. Tipo, do nada o personagem surpreende o próprio criador."

"Isso. Eu sempre achei que isso fosse bobagem, mas começo a entender que talvez não seja. Comecei a escrever sobre a minha experiência com o Tarso tendo essa ideia na cabeça: como uma mulher tão inteligente para algumas coisas consegue ficar tão burra quando um homem aparece na vida dela? Porque você sabe que eu, aconselhando uma garota na mesma situação, diria para ela fazer tudo ao contrário do que eu fiz, do que eu tenho feito."

A banda anunciou um intervalo e pude continuar falando sem precisar gritar:

"Percebi que, ao tentar escrever sobre como o amor romântico pode, muitas vezes, se transformar em uma arapuca, acabei escrevendo sobre como a amizade entre mulheres é o contrário disso. É uma fortaleza, um porto seguro."

"Sim, sim e sim. Um relacionamento amoroso não é tudo na vida. A gente pode ter vários namorados, mas uma boa amiga, de fé, que topa qualquer parada, que nunca solta a tua mão… é difícil."

"E eu tive a sorte de ter logo duas."

Camila aproximou seu copo do meu. Brindamos. Ela bebeu um gole da cerveja e fez um gesto com a cabeça para que eu olhasse para o palco. Marina havia levantado na hora que a banda anunciou o intervalo e, forjando uma ida ao banheiro, passara rente ao palco, chamando atenção do cara do surdo. Ao retornar do banheiro, encontrou o moço esperando ela com um copo de cerveja. É uma gênia, a Marina. Uma gênia. Camila e eu rimos quando ela acenou e fez um movimento de V com os dedos em direção a boca, em seguida indicou a porta da rua e o músico – que nos abanou alegremente. Estava comunicando, em código de boteco, o seguinte:

"Vou fumar um cigarro do lado de fora do bar com esse gatinho."

"Essa Marina…"

"Como é que eu não vou transformar em personagem? Tá tudo pronto! Só escrever!"

"Já estou louca pra ler! Mas, escuta: como ficou a situação com o Tarso? Vocês não iam jantar na quinta-feira?"

"Íamos, mas cancelei. Eu disse pra ele que essa situação sempre foi esquisita e toda errada, mas que eu achava que, quando ele se separasse, as coisas ficariam simples. Só que não ficaram. Parece que pioraram. Fui bem honesta com ele, sabe? Eu disse: você está me deixando confusa. Você terminou com ela e mesmo assim ainda não quer ficar comigo. Não posso aceitar isso, seria burrice da minha parte. Preciso que você tome uma decisão, seja ela qual for."

"Tu disse isso, mesmo?"

"Eu disse exatamente isso, Camila. Sem tirar nem pôr."

"E o que ele respondeu?"

"Ele disse que se sentiu pressionado. Falei que tudo bem que ele se sinta pressionado, a pressão que ele sente não se compara a tudo o que eu tenho passado desde que essa história começou. Falei pra ele: você não percebe o quanto me machuca? Eu nunca amei ninguém como eu amo ele. Dói. Quero muito ficar com ele, quero demais, mas prefiro que ele diga um não definitivo do que fique me cozinhando por mais um, dois, dez anos."

"Concordo, meu amor. Ele precisa decidir. Quando vocês tiveram essa conversa?"

"Na quinta de tarde. Eu perguntei se ele podia falar e telefonei. Disse que, enquanto ele não tomasse uma decisão, era melhor a gente não se falar, nem se ver. Por isso, cancelei o jantar."

"E como tu tá?"

Fiquei surpresa com essa pergunta. Estava tão acostumada a pensar em como Tarso estava, em como ele se sentia, no que ele pensava, que havia esquecido completamente de olhar pra mim. Como eu estava, como eu me sentia, como eu pensava?

"Eu estou bem, amiga. De verdade. Foi um alívio colocar as cartas na mesa. Achei que ficaria bem mais ansiosa, mas me sinto mais leve… e não quero mais desperdiçar noites maravilhosas como esta olhando o meu celular de dois em dois minutos para ver se ele me ligou, sabe?"

"Tu nem pegou no telefone desde que a gente chegou no bar!"

Pisquei o olho pra ela:

"Andei aprendendo umas coisinhas nesses últimos tempos com certas personagens de livro, digo, digo, com certas amigas que pregam o amor-próprio."

Marina havia retornado da rua levemente descabelada e, enquanto atravessava o bar na nossa direção, a banda – incluindo um tocador de surdo muito feliz – começou a tocar "Amantes" do Araketu. Ela sentou na mesa e disse, divertida:

"É a música da Clarinha: *eu queria ser bem maaaaaais que amante! Quero ter vocêêêê o tempo todo!*"

Fingi que tinha ficado ofendida, mas em segundos nós três explodimos em uma gargalhada sonora.

"Fico feliz que a minha vida sentimental falida seja divertida pra você, Marina…"

"Não seja má com a Clara. Ela está escrevendo um livro novo e vai nos colocar de personagem. Já pensou se ela te sacaneia?"

Marina me olhou muito contente:

"Eu vou virar uma personagem? Amei!"

"Nós duas, amiga. Nós duas vamos virar personagens!"

"Mana do céu, eu vou ficar muito metida! E qual vai ser meu nome no livro, Clara?"

"Não é óbvio? Você vai se chamar Marina Impossível Vaz."

34

Chegamos ao meio-dia no Caninha. É meu horário preferido: o bar ainda está vazio, os músicos vão chegando aos poucos, o clima é preguiçoso e descontraído. Famílias inteiras fazem churrasco e espalham-se em mesas que elas juntam umas nas outras, formando uma grande mesa única.

Havia balões ao redor de uma dessas mesas compridas, orbitando entre os convidados e transitando, fujões, pelo salão. Grandes balões amarelos e brancos, com extensas fitas também amarelas e brancas que se enrolavam nas pernas das cadeiras. No centro da mesa, um enorme bolo branco. Tratava-se, claro, de um aniversário. O aniversariante fazia setenta anos, porém eu não lhe dava mais que cinquenta. E pude observá-lo bem quando, galanteador, me perguntou se eu gostaria de uma cerveja. Fiz sinal que eu já tinha comprado a minha apontando para o balde – tu acredita que, no Boteko do Caninha, o balde de cerveja é um balde de plástico, desses de faxina? – e pisquei agradecendo. Mais tarde, ele me trouxe um pedaço de bolo, depois do "parabéns a você" cantado em ritmo de samba:

"Para a minha princesa!"

Setenta anos. Os homens nunca deixam de ser homens.

Quando chegamos no bar, Elaine conversou com uma das famílias que estava usando a churrasqueira, e o assador gentilmente se ofereceu para lidar com o queijo coalho e os corações de galinha que havíamos comprado. O uso das churrasqueiras no Caninha (são três) é liberado para quem quiser usar, não precisa de reserva prévia. No entanto, os clientes contam com a camaradagem uns dos outros para a logística do negócio, mas organizando bem todo mundo consegue almoçar. Um sábado de churrasco no pagode do Caninha! Uma coisa que amo e que nunca mais tinha feito porque Tarso nunca podia ou queria.

"O Tarso era uma mala", Denise comentou, organizando os corações de galinha no espeto.

"É uma mala. Ele não morreu", respondi.

"Ainda!", Elaine disse, sorrindo enigmática. Gargalhamos. Depois que Denise entregou os espetos para o rapaz gentil e voltou para a nossa mesa, eu disse:

"Eu me dei conta faz pouco tempo que o Tarso nunca estava comigo. Não falo isso por causa do jornal, dos horários dele. Ele nunca estava… presente."

"Eu sei, amiga. Aliás: agora eu sei", Elaine trocou um olhar com Denise. "Agora a gente sabe. E lamenta não ter percebido isso antes."

Fiquei surpresa com a reação dela:

"Eu que lamento não ter percebido antes! Vocês não precisam se sentir culpadas, era impossível adivinhar – e eu não queria falar sobre isso na época. Tinha vergonha de estar tão infeliz. Eu acho que queria ser perfeita."

Os rostos das minhas amigas se iluminaram. Era como se eu finalmente tivesse desvendado uma charada dificílima:

"Tu sempre quis ser perfeita. Desde menina. Tudo tinha que ser milimetricamente organizado, até as brincadeiras!"

"Eu tinha medo de ti quando éramos crianças!", Denise confessou, um pouco brincando, um pouco falando a verdade.

Revirei os olhos, vencida:

"Entendi: eu era uma chata!"

Elaine se precipitou:

"Não! Era determinada. Ainda é!", ela hesitou: "E… quando a tua mãe morreu, tu quis segurar tudo, quis viver como se a vida continuasse como era antes. Quis ser forte."

Denise concordou:

"Seria muita responsabilidade para qualquer um, ainda mais para uma criança de cinco anos."

Eu não queria chorar. Ficamos em silêncio. Denise serviu nossos copos enquanto dizia, com calma:

"Sabe o que eu acho, Clarissa? Que tu enfiou na tua cabeça lá atrás que havia uma forma correta de viver a vida. Como se tivesse regras, um protocolo. E que uma das regras era: não pode sofrer, não pode ser fraca."

"Mas as pessoas realmente esperam que a gente seja forte, não é um delírio da minha cabeça."

"Só que não tem como a gente ser forte o tempo inteiro. E tudo bem chorar, ficar triste, se desesperar."

Dei um sorriso. Eu amava tanto essas duas mulheres!

"Ontem eu estive com o meu pai."

"Tu o quê?", elas, em coro.

"Eu não planejei. Simplesmente aconteceu: saí da clínica, peguei um Uber até a rodoviária e, de lá, um ônibus para Barra do Ribeiro."

"Como foi isso? Tu avisou ele antes?"

"Não, como eu disse: não planejei."

Elas me olharam tentando entender. Como explicar, se nem eu mesma conseguia compreender? Eu andava uma pilha de nervos nas últimas semanas. Minha vida tinha virado de cabeça para baixo. Eu sentia raiva, uma raiva que era direcionada para todo mundo: Tarso, Fernando, meu pai. Eu mesma. Eu não estava sabendo lidar com tudo, eu não estava no controle.

"Se eu confessar uma coisa, vocês juram que não vão me achar ridícula?"

"Clarissa, é papel da entidade Melhor Amiga não fazer esse tipo de julgamento."

"É a primeira regra!", Elaine acrescentou, alegre. Denise assentiu e continuou:

"Ou vocês me acharam ridícula naquela madrugada em que eu fiz xixi na Praça Argentina…"

"Bêbada", Elaine complementou.

"Evidente que eu estava bêbada. Por qual outro motivo uma pessoa resolve fazer xixi na Praça Argentina de madrugada? Enfim: vocês não me acharam ridícula quando eu fiz xixi em lugar público, me desequilibrei, quebrei o cóccix e tive que ir para o pronto-socorro, certo?"

"Na verdade, eu te achei um pouco ridícula, sim", eu disse, debochando. Para amolecer o coração de Denise, que me olhou com fúria, ergui um brinde:

"E viva o SUS!", no que fui acompanhada pelas duas.

Elaine seguiu a linha de pensamento da nossa amiga:

"E vocês não me acharam ridícula quando, adolescente, inventei que fazia curso de modelo e manequim. As pessoas combinavam de fazer trabalho em grupo para a escola e eu dizia 'nossa, nesse horário eu não posso, tenho curso de modelo e manequim'..."

"Na verdade...", Denise começou a falar, mas levou um tapa de Elaine. Rimos muito.

"Falando sério. Eu tenho uma confissão a fazer."

Agora eu tinha a total atenção de ambas:

"Eu pensei que, se conseguisse engatar um namoro com o Fernando, não teria que lidar com a separação com o Tarso. Eu pularia de uma relação para a outra, sem o constrangimento de ficar sozinha, de explicar a separação para os outros. Eu sairia ganhando: de um casamento morno para um namoro apaixonado. Eu queria tanto que isso desse certo. Eu queria tanto não ter que pensar no que aconteceu. Porque o caso, aqui, francamente, não é o Tarso, o amor que sinto pelo Tarso. O amor não existe mais tem muito, muito tempo. O caso é me ver sozinha, solteira de novo, solteira com mais de quarenta anos, sem entender nada do jogo, sem conhecer as regras. Eu queria sair ilesa do fim do meu casamento – e o namoro com o Fernando seria meu atalho. Fui uma idiota."

"Não foi uma idiota, meu amor. Tudo o que nós, mulheres, ouvimos a vida inteira é que precisamos de um homem ao nosso lado para nos validar. É natural que tu tenha medo de ficar sozinha, que tu veja um novo relacionamento como um bote salva-vidas. A maioria das mulheres, ainda hoje, pensa assim."

"Exatamente. A gente não acha nem idiota nem ridículo."

Eu me sentia aliviada. Depois de alguns segundos, Denise perguntou:

"Mas o que o teu pai tem a ver com isso?"

"Nada. Tudo. Esse silêncio dele me enlouquece. Me irrita que não possa contar com ele como suporte emocional. Eu peguei o ônibus sentindo uma fúria tão grande que cheguei na casa dele gritando. Ele mal abriu a porta e eu já estava berrando."

. . .

"Por que tu não fala comigo? Não me ajuda? Não percebe que estou me afogando? Que merda! Ser pai não é isso. Ser pai é… é outra coisa. Eu sou tua filha, não deveria ser incômodo, desconfortável, a gente estar junto. Tu me trata como se eu fosse uma mera conhecida. Eu não entendo! Por que não me escuta? Por que não me aconselha? Por que não me ajuda?"

Meu pai, até então em silêncio, segurando a porta boquiaberto, gritou – e eu nunca tinha ouvido ele gritar antes:

"Porque tu não pede ajuda!"

Foi minha vez de ficar muda. Fiquei parada na porta, sentindo as lágrimas querendo subir. Ele deu um passo para trás e disse, ríspido:

"Entra."

Entrei e sentei no sofá da sala. Fiquei paralisada. Parecia que tinha levado um choque. Meu pai desapareceu na cozinha e voltou um tempo depois. Segurava dois copos de vidro com cerveja:

"Não tem Serramalte, mas essa aqui também é boa."

Comecei a chorar baixinho. Eu não queria mais uma vez isto: nós dois bebendo juntos assistindo televisão, fingindo que nada tinha acontecido.

"Pai…"

"Não. Tu falou, Clarissa. Eu ouvi. Agora é a minha vez."

Se sou uma pessoa ligada às palavras, aos versos, aos livros, meu pai é o contrário. Não que seja contrário às letras – frequentemente me pergunta sobre o que estou lendo e mantém uma modesta porém preciosa biblioteca –, apenas é mais afeito aos números. Coisa de engenheiro, suponho. Nessa noite, meu pai pediu que eu fizesse um pequeno cálculo com ele:

"Quantos anos eu tinha quando tu nasceu?"

Depois, outro cálculo:

"E cinco anos depois, quando a tua mãe morreu, quantos anos eu tinha?"

Ele ainda era jovem. Era um cara jovem vivendo um imenso luto, com o coração partido e uma criança para criar. Era esse cara jovem para quem o mundo, do dia para noite, virou. E tudo ficou difícil.

"Eu me concentrei muito em te sustentar, Cla. Eu tinha essa missão, entende? Eu pensava em teto, comida, plano de saúde, boas escolas. Eu queria te dar uma estrutura. E talvez tenha ficado um pouco bitolado demais nisso, nas coisas práticas. Pode ser, mas deu certo. Olha a mulher que tu te tornou, não é mesmo?"

"Ô, pai…"

"Eu ainda não acabei. Clarissa, se tu tiver filhos – se quiser ter – talvez possa me entender e até me perdoar. A gente vai errando, mas é tentando acertar. Quando a tua mãe morreu, me disseram que para um pai solo criar uma menina era mais difícil, seria mais fácil se fosse um menino.

Uma matemática de combinação canhestra: mulheres criam meninas, homens criam meninos. E eu não sei... eu acho que fiquei com medo. Eu tinha medo de falar besteira pra ti. Eu tinha medo de te limitar, de ter... de ter até ciúmes. De não saber lidar com a menstruação, os meninos do colégio... Entende? Tu te parece tanto com a tua mãe, Clarissa. Tanto. Ela era forte, determinada, teimosa. E tu é mais teimosa ainda, é dura na queda, teve que ser dura na queda, e a verdade é que eu não queria que tu tivesse que ser. Eu queria que as coisas tivessem sido diferentes, completamente diferentes. Mas elas não foram e eu fiz o que pude. Eu acho que o meu truque, a minha estratégia, o jeito, enfim, que eu adotei para tentar te criar da melhor forma possível foi de escutar mais e falar menos. Deixar tu falar o que te incomodava, o que te alegrava, o que te irritava, emocionava, movia, encantava. Deixar tu falar e acolher, sem dar pitaco, conselho, sem te interromper. Por um tempo funcionou, sabia? Tu voltava do colégio e me contava coisas. Contava o que tinha aprendido, contava a história de uma amiguinha, contava de uma professora de quem gostava. E eu ficava ali, feliz que tu estava te abrindo, mas triste porque a tua mãe não estava junto. Foi uma época difícil, minha filha. Eu achava que era errado ser feliz."

"Ô, pai...". Eu já chorava abertamente agora. "Que confusão que a gente fez, pai. Eu parei de falar contigo porque achei que tu não queria escutar. Eu não te entendi."

"Mas era eu que tinha que entender. Eu era o adulto."

"Grande porcaria ser adulto. A maior parte deles sabe menos da vida do que as crianças", argumentei, secando as lágrimas. Ele riu:

"Mais uma rodada?"

Fiz que sim com a cabeça. Enquanto meu pai se afastava levando nossos copos, senti um peso saindo de dentro do peito. Foi muito físico, uma sensação de leveza real. É tudo tão simples. É tudo tão complicado. Meu pai voltou:

"Olha, eu sei que não tem como, do nada, nós virarmos *best friends forever*..."

Comecei a rir:

"De onde tu conhece essa expressão?"

Ele ficou confuso:

"*Best friends forever* significa melhores amigos para sempre e…"

"Eu sei o que significa, pai! Só achei engraçado tu falar!"

Ele ficou constrangido:

"É ridículo um velho dizer *best friends forever*?"

Senti muita ternura pelo meu pai. Um sentimento que não experimentava desde a infância:

"Não tem nada de ridículo. E, além do mais, a velhice é um conceito ultrapassado. O que é ser velho?"

Meu pai me olhou entre surpreso e divertido. Eu ri:

"Isso é um papo que tive com a Denise."

"Ah, a nossa filósofa!"

"Sim. Mas tu ia dizendo que não tem como nós virarmos *best friends forever*, quando eu te interrompi."

"É… eu ia dizer que não tem como a gente forçar uma relação, fingir uma super ligação, uma intimidade. Eu sei. Mas a gente pode tentar, não pode? Temos tempo."

Eu sorri e cutuquei ele, brincalhona:

"Consegue imaginar? A gente sendo *best friends forever*?"

Ele me olhou um pouco emocionado:
"A gente pode tentar outra coisa. Ser pai e filha, talvez."

...

"Eu amo o teu pai."
Denise estava chorando, mas eram lágrimas de felicidade.
"Eu não acredito que ele disse *best friends forever*... Que fofo!"
"Nunca tinha visto o meu pai desse jeito. Sincero, aberto. Antes tarde do que nunca."
"Acho que isso merece um brinde."
A primeira banda organizava os instrumentos no palco. Erguemos os copos:
"Antes tarde do que nunca!"
"E como foi depois dessa catarse toda?"
"A gente jantou, conversou mais... Ele me disse que um relacionamento amoroso não é tudo na vida. Pediu que eu investigasse o que está acontecendo comigo, o que está faltando, o que tem me deixado infeliz. E chamou o Tarso de bundão!"
Elas riram.
"Teu pai tem razão. Não só ao elogiar o teu ex-marido, mas em falar que um relacionamento amoroso não é tudo na vida. Às vezes um namoro, um casamento acaba e a pessoa fica super infeliz, como se a razão da existência dela fosse o ou a ex. Quase sempre, o buraco é mais embaixo. Ela está com outros problemas que nem quer ver. Já aconteceu isso comigo."

"Comigo, também. Vocês não lembram aquele idiota que eu namorei? O Gilberto?"

Denise e eu gritamos ao mesmo tempo:

"Gil, o Vil!"

Denise ainda complementou:

"Como esquecer tão escrota criatura?"

"Exato. O Gil era um babaca, era ruim de cama, não me escutava, só fazia merda e, quando o namoro acabou, eu ficava por aí lamentando, dizendo que ele era o melhor namorado do mundo…"

Denise passou o braço nos ombros de Elaine. Parecia que ela iria dizer algo carinhoso, mas ao invés disso, comentou:

"Que papelão, hein? Gil, o Vil, nem bonito era!"

"A gente inventa cada uma… e, no final das contas, eu andava infeliz com tudo na minha vida: meu corpo, minha família, meu trabalho. Não tinha nada a ver com o cara."

"A gente dá muito poder para esses caras. É condição demais pra malandro que não sabe nem amarrar os tênis direito."

"Nem limpar o próprio pinto. Eu li esses dias que, pela falta higiene, cerca de 1,6 mil pênis são amputados por ano no Brasil!"

"Eu não acredito que sou oprimida por essas pessoas!"

Rimos muito.

"O problema é quando eles são muito bonitos ou charmosos, porque daí nos colocam sob encantamento. Tipo o cara do surdo!"

Elaine fez olhos compridos para o rapaz. Era bonitão, mesmo.

"Ou tipo o Fernando", suspirei.

O bar começou a encher. Logo se tornaria impossível caminhar até o banheiro. No final da tarde, quando o Caninha se tornava intransitável, as meninas e eu migrávamos para o Ossip, a fim de comer uma pizza e conversar sem interferências. Como fazia muito tempo que eu não ia com elas nessa roda de samba, perguntei:

"Vamos trocar de bar às seis? Quando começar o vuco-vuco? Ou vocês mudaram os protocolos?"

"Mudamos", Denise respondeu. "Agora saímos às cinco ou quando não param de pedir pra dançar com Elaine e eu fico com cara de besta, sentada sozinha. O que vier primeiro."

"Por que tu não dança também, boba?"

"Não sei dançar junto. Já a Elaine é pé de valsa."

Elaine sorriu e ergueu as sobrancelhas, exibida:

"Gil, o Vil, não sabe o que perdeu!"

35

Foi clichê. Foi clichê porque chovia e eu passaria a contar essa história assim:

"Era uma noite chuvosa quando…"

O que sempre me faria ficar vermelha de vergonha. Que coisa mais cafona: *era uma noite chuvosa*! Mas era, de fato, uma noite chuvosa. Foi justamente por esse motivo que desisti de sair de casa, embora fosse sexta-feira.

No entanto, se foi clichê abrir a porta para um encharcado Tarso naquela noite chuvosa de sexta-feira, também foi inesperado que ele aparecesse depois de quase três semanas sem dar notícias. Eu estava usando uma calça de flanela e uma camiseta de mangas compridas. O tempo havia esfriado de forma significativa, mas como eu recém havia saído de um banho quente, ainda não sentira frio. Havia pendurado a calcinha que lavara no banho no varal coberto do pátio e começara a lavar a louça do almoço para sujá-la novamente preparando o jantar quando senti a necessidade – por conta da água fria que corria da torneira da pia – de me agasalhar melhor. Sempre com minhas cachorras no meu encalço, abri o armário do quarto e busquei uma blusa de lã grossa. Quando ia vesti-la, escutei alguém bater na porta.

Eu queria que fosse Tarso, claro que queria, havia pensado nele durante todos esses dias, mas encarava a coisa toda como um delírio. Pensei:

"Imagina que lindo se fosse ele!"

Mesmo sabendo que aquilo seria impossível. No meio da noite? No meio de uma tempestade? Já estava resignada em fazer uma sopa de tomate com manjericão, abrir um vinho e assistir *Law & Order SVU* enroscada nos meus bichos no sofá da sala. Imaginei que na certa um vizinho viera pedir algo que, por acidente, havia deixado cair em meu pátio. Um pano de chão, um prendedor, um objeto de jardinagem. Talvez um bicho de pelúcia para cachorros que, rebelde, soltara-se do varal coberto em sua sacada após dar enjoativas voltas na máquina de lavar roupas?

Sem conferir o olho mágico, abri a porta pela metade, para não deixar Billie e Ella fugirem pelo corredor. E foi então que eu vi Tarso. Com uma mão no batente da porta e a outra fechada fingindo que ainda batia nela, como se permanecesse trancada, uma capa de chuva encharcada no ombro, um sorriso enigmático no rosto, olhando para baixo. Lindo como nunca. Ele sorriu:

"Eu estava andando por aqui e pensei…"

Eu ri:

"Você estava dando um passeio pelo Bom Fim no meio desse dilúvio?"

Ele me olhou, charmoso:

"Claro. Os jornalistas gostam muito de passear pela chuva enquanto pensam na vida. Dá um efeito dramático."

Cruzei os braços no peito, ainda sorrindo mas sem abrir a porta:

"E no que você pensava enquanto passeava pelo bairro no meio do temporal?"

Ele me encarou:

"Eu pensava em quanto sinto tua falta."

Eu não queria facilitar, embora meu coração se acelerasse loucamente. Fiquei em silêncio, a porta ainda entreaberta.

"Na verdade…"

Ele escorou o corpo no batente, como quem entendera que ficaria por ali por algum tempo:

"Na verdade, eu sinto saudades, aquela palavra que vem do tupi-guarani. Tem uns dias, eu te vi linda em uma foto no Instagram, naquela roda de samba que tu gosta."

Eu provoquei:

"Ficou com ciúmes?"

"Uma pontinha."

"Mas você não sente ciúmes. Sempre se gabou de não sentir ciúmes."

Ele pensou um pouco antes de dizer:

"Tem muita coisa que eu não sentia até te conhecer."

A porta agora estava completamente aberta:

"Quer entrar? Ou quer voltar a andar, dramático, na chuva?"

Ele hesitou:

"Espera."

Fiquei parada no hall do apartamento, sorrindo:

"Esperar o quê?"

"Quero ficar olhando pra ti mais um pouco."

"Vai ter a noite inteira pra ficar olhando pra mim."

Ele deu um passo para dentro do apartamento e perguntou:

"Só a noite?"

Eu cheguei mais perto, colando o meu corpo no dele, e perguntei baixinho:

"Você está se convidando para dormir aqui e ficar comigo também de manhã?"

Ele me abraçou pela cintura, colou seu rosto no meu e disse, também baixinho:

"Eu estou me convidando para ficar para sempre."

36

Eu achava um espanto – ainda acho – o jeito que ele olhava para mim enquanto fazíamos amor. Primeiro, tocava todo o meu corpo. Os seios ele acariciava com delicadeza, mas as mãos se fechavam com fúria na minha cintura, e era a partir desse movimento que ele me puxava para perto de si. Entrava em mim de uma vez só. Ele fazia um grande esforço para não gozar antes que eu gozasse, parando algumas vezes para segurar a base do pau e pedir que eu ficasse parada – o que nem sempre eu obedecia. Depois que eu tinha o primeiro orgasmo, ele gozava diversas vezes. Incontáveis. No princípio, achei que era pela novidade, não imaginava que o sexo seria sempre assim. Também não imaginava que ele continuaria me olhando da mesma forma que olhou da primeira vez que arrancou o meu vestido, eu já deitada em sua cama em um apartamento na Felipe Camarão. Ele arrancou minha roupa com pressa, tirou minha calcinha e então parou.

    Era estranho estar assim, completamente nua na frente de um homem novamente. Depois de Fernando, fiquei muito insegura com o meu corpo. Embora Denise e Elaine já tivessem dito diversas vezes que nem a minha aparência e, muito menos, a minha idade haviam sido determinantes para o sumiço do rapaz – o tal *ghosting* –, é natural que eu ficasse com vergonha. Em um gesto involuntário, cobri meus seios. João, de uma forma muito doce, mas firme, colocou suas mãos sobre as minhas e as afastou. Virei a cabeça para o lado direito e fechei os olhos. Estava realmente com vergonha. Por alguns segundos, nada aconteceu. Não ouvi ele falar, não escutei nenhum ruído ou barulho na cama, nem uma gaveta abrindo para buscar camisinha, nada. Também não senti seu corpo se mover, muito menos suas mãos me percorrerem. A primeira coisa que pensei, lamentavelmente, foi:

"Ele me achou feia, achou meus seios caídos, sou uma velha e é ridículo pensar que posso sair por aí e transar com outros homens."

Essa ladainha patética se tornaria um clássico em conversas com as meninas. Sempre que a gente ficava insegura – fosse em uma relação amorosa ou em uma situação nada a ver, tipo um problema no trabalho –, anunciávamos isso para as outras no grupo de WhatsApp:

"Ele me achou feia, achou meus seios caídos, sou uma velha e é ridículo pensar que posso sair por aí e transar com outros homens."

Elas choraram de rir quando contei que isso havia, de fato, passado pela minha cabeça. Depois ficou claro que eu estava sendo dramática, mas naquele momento eu não sabia o que esperar daquele homem, daquela situação. Tomei coragem e virei o rosto para frente. Abri os olhos imaginando que ia encontrar seu olhar de decepção ou de vergonha pela ereção perdida. Ao contrário, João estava com o pau duríssimo e simplesmente olhava para o meu corpo e para o meu rosto. Fez isso por muito tempo – ou ao menos me pareceu muito tempo – e seu olhar era de admiração. Eu sorri para ele.

João foi o primeiro homem com quem eu fiz sexo sorrindo.

Depois de gozar pela primeira vez, ele ficava escrutinando o meu rosto, ainda dentro de mim. Eu não conseguia olhar nos olhos dele, ficava tímida, então me concentrava na sua boca, tocando de leve o contorno com a ponta dos dedos. Ele me elogiava, sempre dizia coisas bonitas – "que sorriso lindo", "tu é toda linda" – que contrastavam com toda a sacanagem que falava durante o sexo – "gosta assim, putinha?", "vou te encher de porra" – e isso me fazia rir e chamá-lo de mentiroso. "Tu é mentiroso!". Ele ficava sério e dizia que não era, que não era, beijava o meu pescoço, os meus olhos, meu nariz e começava a se mexer novamente dentro de mim, dizia:

"Olha como ele está ficando duro de novo. Tu deixa ele assim! Não sou mentiroso, tá sentindo?"

O sexo foi uma redescoberta pra mim depois dos quarenta anos. Foi como se uma lâmpada se acendesse e eu então entendesse:

"Ah, então é sobre isso que todos falam!"

Era delicioso fazer amor com ele. Ainda é.

Nos encontramos pela primeira vez em uma festa do Vitor Necchi, um amigo em comum, comemorando mais um prêmio que ele havia ganhado como escritor. Éramos umas vinte pessoas empoleiradas em seu lindo apartamento na Henrique Dias com a João Telles. Eu estava na sacada, conversando com alguns jornalistas que conhecia da época que era casada com Tarso, quando nos apresentaram. Pensei que João também fosse jornalista, mas ele era escritor. Conversamos muito naquela noite – depois eu descreveria ele para as ávidas por detalhes Elaine e Denise como "interessante e interessado" – e ele pediu meu telefone. Eu ainda não sabia se algo ia rolar entre nós quando, uns dias depois, ele me mandou mensagem perguntando se eu não queria tomar um – ou mais – drinques no Von Teese.

Como todo mundo que conheço, detesto essa coisa de primeiro encontro: a gente fica tão atrapalhada. Tive medo de falar demais ou de menos, tive receio que ele se revelasse um idiota de marca maior e eu precisasse de uma desculpa para ir embora. Enfim, eu tinha certeza de que algo daria errado. Então, maldito seja meu sexto sentido quando cheguei no bar e me sentei com ele – que já me esperava em uma mesa no pátio interno –, tive um acesso de tosse. Um acesso de tosse épico. Foi ridículo, ele tentou chamar a garçonete para pedir água, mas eu – com os olhos lacrimejando pensando onde eu estava com a cabeça quando passei delineador, rímel e lápis – estava me afogando. Não podia esperar atendimento algum e, literalmente por instinto de sobrevivência, apanhei o copo que ele bebia e virei de uma vez só. Quem olhasse a cena de fora pensaria que eu estava imitando John Wayne. O afogamento passou. Fiquei olhando para o centro da mesa, aturdida com o que havia acontecido, ainda segurando o copo dele. João perguntou:

"Tu tá bem?"

Sabendo que provavelmente eu estava parecendo Alice Cooper com meus olhos borrados, o encarei e fiz que sim. Aliviado, ele apontou o copo em minha mão e fingiu falar com um garçom imaginário:

"Mais um doze anos pra moça, por favor!"

A partir daí – e depois que eu passei no banheiro para arrumar minha maquiagem – estar com João foi sempre gostoso e divertido.

Dois anos haviam se passado desde a noite em que várias luzes se acenderam para mim no Boteko do Caninha. Na segunda-feira seguinte à roda de samba, pedi demissão da clínica. Uma amiga da época do colégio havia fundado uma ONG focada em direitos humanos e me convidou para trabalhar com ela. O salário era ruim, mas eu achei que era uma oportunidade para me desafiar, sair do marasmo.

Eu me apaixonei loucamente por esse trabalho. Estudava leis, frequentava assembleias, acompanhava votações na Câmara dos Vereadores, lia sobre assuntos que antes desconhecia e que, rapidamente, acabava dominando. Comecei a frequentar gabinetes de políticos fazendo o que chamávamos de "lobby do bem", pedindo que aprovassem ou reprovassem projetos de lei. Fiquei amiga de alguns deles. Estava sempre na rua, com horários amalucados, compromissos diferentes que pediam habilidades diversas: em um momento eu coordenava uma reunião de equipe, em outro, inventava frases de efeito para uma campanha e, ainda em outro, pintava faixas com palavras de ordem. Com o tempo, nos especializamos em lutas em prol das mulheres. Fiz diversos cursos: "Entendendo a Lei Maria da Penha", "O que é feminicídio?", "Como funciona a pirâmide da violência contra a mulher"… Participei como ouvinte de muitos seminários, rodas de conversa, debates. De uma forma natural e fluída, conforme nosso trabalho era reconhecido, passei a ser convidada para falar nesses encontros.

Nossa campanha para colocar o subtítulo feminicídio nos boletins de ocorrência de todo o Rio Grande do Sul estava fazendo bastante barulho, aparecendo semanalmente na mídia – até o jornal do Tarso cobriu o caso – e, quando finalmente alcançamos o sucesso, fomos capa da *Zero Hora*. Era uma quinta-feira e eu não consegui conter a emoção quando peguei o jornal e li a notícia. Dei um grito que ecoou no apartamento inteiro.

Que dia feliz! O celular pipocou com mensagens durante toda a manhã e parte da tarde. Meu pai me escreveu cedinho, disse que estava muito orgulhoso. Elaine mandou a foto da capa do jornal no nosso grupo e Denise escreveu:

"Amiga, finalmente está muito claro que o secretário de segurança não te achou feia, gostou dos teus seios, não te acha uma velha e nem pensa que é ridículo tu sair por aí transando com outros homens!!!"

Elas disseram que aquilo merecia uma comemoração e Elaine lembrou que tinha um show do Tonho Crocco cantando Tim Maia naquela mesma noite no Ocidente:

"Vamos? Ou tu já combinou algo com o João?"

João não era meu namorado, embora eu só ficasse com ele. Estava gostando muito da nossa relação, mas ainda não sabia se estava ou não apaixonada. Mesmo sem um rótulo para o relacionamento, fazia uns seis meses que andávamos juntos para cima e para baixo, e os amigos já nos tratavam como um casal oficial. Eu respondi que, por mim, já estava marcado: Tonho Crocco cantando Tim Maia no Ocidente. Não ficaria esperando um homem me ligar e me convidar para fazer algo para comemorar uma conquista minha. Além disso, mesmo que ele me chamasse para sair, minhas melhores amigas haviam me convidado antes – e elas sempre terão prioridade. Eu não seria a mulher que dispensa as amigas por causa de macho. Ou não seria mais. Havia me tornado uma mulher independente – e pra lá de feminista.

À tardinha, quando saí do banho enrolada na toalha, prestes a escolher uma roupa para encontrar as meninas na CB – onde marcamos de beber umas cervejas antes do show –, meu telefone apitou. Era João:

"Fala, Olga Benário! Vamos chamar as gurias e comemorar tua vitória ficando super bêbados enquanto cantamos *e eeeeuuuuuuuuuuuuuuuuuuuuuu parapapapa gostava tanto de você* no Oci? Eu gosto tanto de você – e estou orgulhoso."

Fiquei toda boba.

37

Sempre achei bastante natural que um casal, ao morar juntos, diminuísse, aos poucos, a frequência com que faziam amor. É o peso da rotina sufocando o desejo. Eu mesma já havia morado com um namorado por alguns anos e experienciei isso. Com Tarso, no entanto, não foi o que aconteceu. Mesmo morando juntos havia um ano e meio, mantínhamos um inesgotável entusiasmo um pelo outro. Catherine Millet uma vez disse que o orgasmo é o efeito de uma decisão. Eu decidi que o meu desejo nunca iria arrefecer. Decidi que tudo o que passamos antes valeria a pena. Decidi que, quando tivesse vontade de brigar, me lembraria do quanto desejei essa situação, do quanto desejei ter esse homem, morar com ele, ser sua mulher, andar com ele de mãos dadas, dividir a mesma cama e dormir juntos todas as noites.

O amor me inspirou essa esperança absurda: eu decidi que seríamos felizes, tão felizes quanto poderíamos ser.

E uma coisa improvável aconteceu: nós fomos. Fomos escandalosamente felizes. Tarso imediatamente se mudou para a minha casa quando Clarissa o colocou para fora dela. Hoje percebo o quão sórdido foi isso, o quanto ela deve ter sofrido, o quanto a nossa felicidade, a minha felicidade, era intimamente vinculada à dor dela – mas, infelizmente, a felicidade de fato pode ser uma coisa muito egoísta.

Tudo terminou de um jeito tão estúpido. Algumas semanas antes do episódio que me levaria a fazer a mala de Tarso, jantamos com grande parte da equipe do jornal no Barranco. Era aniversário de uma moça, uma colunista. Ela tinha cabelos curtinhos e usava óculos. Eu sempre negava a oportunidade de escrever a coluna que Tarso me oferecia, não queria que dissessem que eu só escrevia ali por ser mulher do chefe. Não sentia ciúmes das outras colunistas e ficava orgulhosa de conseguir me sustentar como escritora, redatora e revisora freelancer. No entanto, a aparição dessa menina em nossas vidas sempre foi muito incômoda. Não tinha nenhuma relação com o fato de ela ser colunista do jornal. Era alguma coisa sobre a forma como ela escrevia – um pouco erótica, atrevida – que parecia que se direcionava a mim. A cada semana, quando eu lia a garota contando episódios que ocorriam em sua vida amorosa e na vida de suas amigas – uma versão nada original de *Sex and the City* –, a sensação de incômodo ia crescendo. Então parei de lê-la, ignorando aquilo que o meu sexto sentido já gritava há muito tempo.

Nessa noite no Barranco, a forma como ela me olhou quando a parabenizei pelos seus 23 anos me causou um arrepio. Tínhamos nos encontrado algumas vezes antes, em eventos do jornal, e ela sempre fora educada e polida. Talvez educada e polida demais. O meu mal-estar com essa moça não advinha dos nossos encontros esporádicos. Eram as colunas. Eram as palavras dela no jornal do meu marido. Nessa noite, o olhar dela parecia conter um segredo, um mistério.

Só depois entendi: aquele olhar era uma promessa.

Ela nem sequer era bonita, mas tinha vinte anos. Quando um homem chega à idade de Tarso, não importa se a moça é ou não bonita, a carta dos vinte anos cobre tudo. Não era horrenda, é claro. Mas, definitivamente, não era bonita.

Dois dias depois desse encontro, por nenhum motivo especial que não o destino desejando atropelar tudo, cliquei na coluna dela enquanto lia apressadamente as principais notícias do jornal antes de Tarso chegar. Eu achava que era importante mostrar para ele que havia me informado sobre o seu trabalho e que não passava o dia inteiro às voltas com a pesquisa para o meu novo livro, que andava empacado, sobre amor e relacionamentos, assuntos que ele parecia achar menores. Eu queria parecer mais inteligente, uma intelectual à altura do editor de jornal que morava comigo. E foi por isso, por essa vontade incessante de agradar a Tarso que, como quem acompanha um acidente de carros (horrorizada mas sem conseguir desviar o olhar), li o novo texto da *wannabe* Carrie Bradshaw:

> "Acontecia com frequência – na verdade, creio que todas as vezes que fizemos amor, isso aconteceu. Ele saía de dentro de mim, desabava na cama e passava a tentar coordenar a bateria de escola de samba que levava no peito. Arfava um pouco – embora tentasse disfarçar – e conferia sua frequência cardíaca com o dedo médio e indicador encostados no pescoço. Ele fechava os olhos enquanto eu, muito jovem e muito nua, virava o corpo em sua direção, ficando de perfil, a cabeça repousando na minha mão espalmada,

o cotovelo fincado no travesseiro. Sem me ver – ele permanecia de olhos fechados – ele adivinhava a minha expressão: o sorriso zombeteiro, os olhos quase líquidos de alegria, a promessa de um inevitável deboche – talvez uma alusão às suas carteiras de cigarro acumuladas ao longo da vida ou ao fato de que o único exercício físico que praticara se resumisse a corridas atrás de ônibus ou, ainda, à nossa diferença de idade. Ele sorria antes, sem me ver. Ele adivinhava. Passava então seu braço por baixo do meu pescoço, me acolhendo no seu peito, e sussurrava 'eu sei, eu sei. Estou ficando velho e acabado'."

Ela teve coragem de fazer o que eu nunca fiz com Clarissa. Colocou as cartas na mesa. Apostou alto. Antes, tentou me avisar várias vezes, pela coluna, que estava fodendo com o meu marido. Dicas. Expressões. Lugares. Sussurros. Manias. Segredos. Agora, esfregava na minha cara. Era o comportamento de Tarso na cama, tal e qual. Ela sabia que eu entenderia. Os dedos médio e indicador no pescoço, dizer "estou ficando velho e acabado" e aquele sorrir sem abrir os olhos, adivinhando a expressão da parceira. "Creio que todas as vezes que fizemos amor…" É claro que aquilo não havia começado fazia umas semanas. A intimidade que ela passara a ter com ele era a mesma que eu tinha quando escrevia os meus textos apaixonados, quando ainda era sua amante. Desde quando? Subitamente, a coisa me atingiu como um raio: o hotel que ele havia passado a noite quando Clarissa viu a minha foto, aquele momento que parecia ter acontecido em outra vida. O hotel ao qual ele recorreu quando eu disse que, naquela noite, eu não estava disponível.

Naturalmente nunca houve hotel nenhum.

Tarso chegou em casa mais cedo. Ele havia lido a coluna, é claro. Olhou a mala que eu havia deixado no hall e, na hora, entendeu tudo. Eu, com os olhos secos – já havia esgotado as minhas lágrimas nesse relacionamento, embora estivesse sofrendo, e muito –, disse, calmamente:

"Bem, não foi por falta de aviso. Você fez com a sua outra mulher, porque não iria fazer comigo?"

Tarso não falou nada. Sequer discutiu. Pegou sua mala para desfazer na casa da nova Clara.

Eu quis morrer nesse dia. Nesse e em diversos dias subsequentes. É acachapante perceber que o homem que você mais amou na sua vida simplesmente nunca te amou. Olhando para trás, percebo que a entrada de Tarso em minha vida foi, primeiro, movida por desejo puro – um sexo imbatível, ok, mas apenas sexo – e, depois, por comodidade. Ele não tinha para onde ir.

Ele simulou o nosso relacionamento.

Ele simplesmente substituiu Clarissa por mim.

Ele nunca amou nenhuma de nós.

Ele nunca amou ninguém.

Faz seis meses que nosso casamento acabou. Desde então, nenhuma palavra. Tarso nunca mais me procurou. Um funcionário do jornal veio buscar suas coisas alguns dias depois que "Carrie" publicou sua coluna. Em um último gesto de subserviência, eu havia deixado tudo separado de forma muito organizada. Camisas passadas, livros encaixotados, artigos de higiene em embalagens protetoras separadas, para não vazarem.

Passei dias insuportáveis em que a dor era tão funda que achava que não ia aguentar. Que não ia conseguir me levantar. E algumas vezes, de fato, não me levantei. Marina e Camila se revezaram. Ambas têm as chaves do meu apartamento. Rapidamente, se tornou uma rotina, ao observar o sol nascendo na janela do meu quarto – pois era incapaz de dormir mais que três horas por noite –, vislumbrar uma das duas entrando em casa silenciosamente, servindo a ração dos meus bichos, limpando a caixinha da Morena e engatando as coleiras das cachorras para um passeio na Redenção. Depois, como que por mágica, apareciam na geladeira bananas, iogurtes, pacotes com pão integral fatiado e garrafas de suco de maçã. Um disco novo do Caetano na cômoda, um livro recém lançado de Carolina Panta na mesa de cabeceira. Isso foi no começo. Deve ter durado algumas semanas – é um período enevoado em que os dias se misturaram muito. Depois, elas passaram a um tratamento mais rígido. Vieram juntas algumas vezes:

"Tu vai perder teu trabalho."

"Tu tá magra demais."

"Tu precisa reagir."

Um dia, Camila me encontrou dormindo no sofá, uma garrafa de gim nacional pela metade no chão, quando apareceu em um sábado de manhã. Trouxe uma lata de Coca-Cola da geladeira, me entregou e, antes de sair para passear com Billie e Ella, falou ironicamente para si mesma, mas alto o suficiente para que eu ouvisse:

"Uma escritora bêbada: que original!"

Uns dias depois, Marina chegou abrindo todas as janelas, ignorando meus protestos. Então, parou no meio do quarto e olhou pra mim, deitada na cama sem qualquer intenção de levantar. Subitamente, o seu rosto se iluminou. Havia tido uma ideia. Pegou seu telefone da bolsa, muito decidida, fez alguns movimentos velozes com o dedo na tela do iPhone, virou o aparelho na minha direção e, aumentando o volume no máximo, fez explodir o som:

Quem cultiva a semente do amor
Segue em frente e não se apavora
Se na vida encontrar dissabor
Vai saber esperar a sua hora

"Pelo amor de Deus!", eu resmunguei. "Abaixa esse volume! São sete horas da manhã!"
Ela respondeu alegre e imediatamente:
"É meio-dia, animal!"
E a música continuou rolando:

Às vezes a felicidade demora a chegar
Aí é que a gente não pode deixar de sonhar
Guerreiro não foge da luta e não pode correr
Ninguém vai poder atrasar quem nasceu pra vencer

"Estou de ressaca, Marina. Desliga isso."
Claro que continuei sendo ignorada. Marina agora dançava segurando o celular como se ela fosse uma porta bandeira:

É dia de sol, mas o tempo pode fechar
A chuva só vem quando tem que molhar

Na vida é preciso aprender
Se colhe o bem que plantar
É Deus quem aponta a estrela que tem que brilhar

Ela estava tão engraçada, sambando no meu quarto e segurando o telefone com a música em um volume absurdo que eu abri um meio sorriso. Era tudo o que ela precisava, pois pulou na cama me abraçando e cantou forte junto da música, berrando no meu ouvido e rindo:

Erga essa cabeça, mete o pé e vai na fé
Manda essa tristeza embora
Basta acreditar que um novo dia vai raiar
Sua hora vai chegar

Fazia tantos meses que eu não ria que havia esquecido o som da minha própria gargalhada.

· · ·

Esse episódio marcou o fim de um período sombrio. Evidente que ainda me sinto mal eventualmente, mas a fase dos dias tristes e noites claras definitivamente ficou no passado. A música "Tá escrito" se tornou um hino da nossa amizade – Camila ficou muito emocionada quando contamos o episódio pra ela, naquele mesmo dia – e, sempre que toca em rodas de samba, nos abraçamos para cantar em coro. Era isso o que gostaríamos de fazer hoje, no aniversário de seis meses da minha separação: cantar o samba do Grupo Revelação abraçadas e em coro, mas a data caiu em uma quinta e nem o Bar do Paulista e nem o Boteko do Caninha estavam oferecendo música ao vivo durante a semana.

"A Carrie Bradshaw do mal bem que podia ter escrito sua coluna de merda levando em consideração que dia da semana ia cair quando completasse seis meses, né?"

"Fico feliz que minha bancarrota emocional mais uma vez sirva como um divertimento para vocês!"

Comentei, embora tivesse rido da piada que Marina fez: "Carrie Bradshaw do mal"! Camila, com o braço estendido esperando que um garçom a observasse para pedir mais uma Original – estamos em uma das mesas de rua do Odessa –, comentou:

"Ah, sim, porque foi realmente muito agradável e divertido cuidar de ti enquanto performava uma Bridget Jones abandonada – só que sem graça – e… SERÁ QUE NINGUÉM VAI PERCEBER QUE ESTAMOS SEM CERVEJA?"

Nosso encontro no Odessa antecedeu a verdadeira comemoração dos meus seis meses de livramento, como as meninas apelidaram o evento. Iríamos assistir a um show do Tonho Crocco cantando Tim Maia no Bar Ocidente. Também tínhamos outro motivo para comemorar: eu havia decidido voltar a escrever o romance que havia comentado com as gurias no Caninha, dois anos atrás, e que tinha evoluído pouco desde que retornara com Tarso. Já tinha escrito mais da metade do primeiro esboço e estava feliz, me sentindo criativa.

Alfredo viria nos encontrar mais tarde no Oci com alguns amigos, pois sabia que precisávamos de um tempo apenas para nós três antes. Eram onze horas quando saímos do lotadíssimo bar para entrarmos em um ainda praticamente vazio Ocidente. Sempre fazemos isso, para garantir nossos lugares na frente do palco e adiantarmos as compras de fichas de bebida. Enquanto as meninas posicionavam suas bolsas no chão, marcando território, anunciei que iria ao caixa comprar fichas e que voltaria com drinques – "a primeira rodada é por minha conta!". Elas comemoraram. Apenas o tempo que demorei para comprar as fichas e me dirigir ao bar foi suficiente para que a casa ficasse cheia. Vi quando Alfredo apareceu na multidão, seguido de alguns de seus amigos bonitos – com metade eu já havia ficado, mas repetiria a dose com tranquilidade. Sorri. Seria uma noite feliz. Já estava sendo.

Enquanto aguardava o garçom preparar dois gins-tônicas em enormes copos de plástico – nós sempre dividimos dois entre três, para a bebida não esquentar –, vi quando ela apareceu do outro lado do balcão, em uma linha reta, distante quatro ou cinco metros de mim. Estava acompanhada. Estava linda. Por alguns instantes, congelei sem saber o que fazer – desviava o olhar? Ia embora? –, mas enquanto perdia tempo nessa confusão mental, Clarissa também me percebeu. Nos encaramos sem nos medirmos nem emitirmos ondas de ódio uma para a outra. Nos encaramos apenas com… apenas com curiosidade. Se estivéssemos próximas e pudéssemos falar, minha impressão é que diríamos:

"Então você é você!"

Meus drinques ficaram prontos e, quando o garçom os entregou, Clarissa sumiu do meu horizonte momentaneamente e tive medo de perdê-la de vista. Estiquei o pescoço para a direita e, quando o atendente saiu do meu campo de visão, vi que Clarissa esticava o pescoço para a esquerda, também me procurando. Um flagra duplo e um pouco ridículo. Rimos envergonhadas. O rapaz que estava com ela – e que não tinha percebido que estávamos nos encarando, pois falava de forma claramente carinhosa em seu ouvido – a serviu de uma garrafa de Serramalte recém entregue no balcão. Do outro lado, segurei meus copos de gim-tônica. Ela pegou seu copo de cerveja. E, de um jeito que quase pareceu ensaiado embora tenha sido espontâneo, erguemos um brinde na direção uma da outra.

    Porque era ela. Porque era eu.

Agradecimentos

Vamos começar pelo começo, é claro. *Porque era ela, porque era eu* nasceu em uma oficina de escrita. Portanto, este livro é uma culpa do professor Daniel Galera. Se você não gostou, reclame com ele. Depois, vieram as leitoras betas: Carol Panta, Lena Maciel e Ana Helena Alencastro. Obrigada, amigas! Foram os comentários de vocês que me deram coragem – e cara de pau – para procurar uma editora. Aqui entra a minha "madrinha" Martha Medeiros: "Clarinha, manda um e-mail para o Ivan. É elegante mandar e-mail!". Martha é a pessoa mais generosa que eu conheço – você leu a orelha que ela escreveu para este livro? Então, muito destemida, eu enviei um e-mail para o PM da L&PM. E ele respondeu em duas horas. E leu o livro em um dia. O Ivan ainda não sabe disso, mas, quando falamos ao telefone, eu estava tremendo. Ivan, doravante Editor (é com "E" maiúsculo, mesmo) me guiou com alegria e entusiasmo durante todo o processo. Uma honra, Editor! Aí entrou no jogo a querida Paula Taitelbaum, a maga da comunicação! Em seguida, a caneta mágica da Cacá Chang, com olhos de lince para possíveis furos na narrativa. Que time, hein? Ah, e como não podia deixar de ser, minha irmã/amiga/ assessora de imprensa Bruna Paulin segurou minha mão profissional e amorosamente durante toda essa jornada – e seguirá sempre ao meu lado, pois sou uma mulher de sorte.

No entanto, falei que ia começar pelo começo e pulei logo para a oficina do Galera. Desde o princípio, quando as letras ainda eram um mistério, lá estavam meus pais, meu avô e meus irmãos. Eles liam para mim. Contavam histórias. E foi assim, vinda de um lugar de afeto onde os livros sempre tiveram imenso protagonismo, que me tornei escritora. Minha família ocupa um lugar imenso na minha trajetória, além de figurarem a área mais VIP do meu coração. Eu amo vocês!

O primeiro livro que li foi *Pai não entende nada*, de Luis Fernando Verissimo, em uma edição da L&PM. Eu tinha seis ou sete anos. E agora estou aqui, lançando meu primeiro romance pela mesma editora. A vida pode ser bonita.